알의 껍질을 부수다

초인 **박옥태래진**
(명예:文博 · 哲博)

도서
출판 **글밭기획**

알의 껍질을 부수다

초인 **박옥태래진**
(명예:文博 · 哲博)

목차

1

알의 껍질들

①

알의 껍질들

    세상의 짐을 머리에 쓴 중년의 남자가 있었다.

    그는 사업에 망하였고 가정까지 파탄이 나서 가족이 뿔뿔이 흩어졌다. 그리하여 그에게는 절망뿐이었다.

    그래서 그는 날마다 술에 찌들어 있었으며 이제는 죽음까지도 생각하게 되었다.

    술에 취해 산속에서 뒹구는 남자를 멀리서 지켜보던 친구가 그날은 위험을 느꼈는지 그를 업고 산속에서 내려왔다.

    그리고 그는 경치가 좋고 조용한 산 아래에 우뚝하게 잘 꾸며진 집으로 들어갔다.

지친 남자가 그의 친구에게 끌려 온 곳은 멋지게 꾸며진 넓은 정원이 있는 요정이었다.

그리고 그의 친구는 그곳에서 밤새도록 아무 말없이 함께 있어 주면서 남자에게 술을 마시게 하였다.

그러면서 남자의 넋두리를 모두 들어 주었다.

그리고 새벽이 다가오자 술에 취한 남자에게 말했다.

"오늘 자네는 천천히 술을 마음껏 마시게! 그리고 여자도 한 사람 만나보시게! 그러면 자네의 생각과 기분도 좋아질 터이고, 세상을 바라보는 시각도 조금은 달라질 걸세!"

무슨 생각이었는지 그의 친구는 그렇게 말하고, 술에 취한 남자를 두고서 슬그머니 그곳을 빠져나가며 사라져 버렸다.

주위에는 두 사람이 더 있었으나 모두가 혼자서 각자 술을 마시고 있었다. 술에 얼마나 취했는지 남자는 술병이 사람처럼 크게 보이기도 하였다. 그리고 새벽녘이 되어서야 정신이 조금 들었다.

그러나 그의 정신은 아직도 몽롱하였다.

주위를 둘러보니 친구가 사라지고 없었다.

그리고 정원의 나무 밑에서 술을 마시던 한 사내가 술잔을 들고 비틀대며 일어서고 있었다.

그리고 그는 혼자 술잔에 술을 가득 따라서 한입에 털어 마시고는 빈 잔을 높이 들고서 크게 말했다.

"오! 달크오옴한 입술의 여인이여!

그대 젖은 피부는 비단보다 매끄러워

스며드는 알몸이 불처럼 뜨겁구나.

오싹한 네 향기는 영혼마저 휘감고

그대 사랑 두레질에 밤도 질펀하누나."

술을 예찬하는 모습을 보니 그는 시인이었나보다.

어쩌면 저자도 밤새도록 술에 취해서 저러고 있는 것을 보니 그도 세상에서 버림 받은 놈일게다.

남자는 그렇게 생각했다.

그러나 남자는 그 시인을 보며 기분이 언짢았다.

자신은 술을 마셔도 저자처럼 술이 좋아서 술을

예찬하면서 먹은 적이 없었기 때문이다.

　그리고 남자는 혼자서 짜증스럽게 중얼거렸다.

　"이런 곳에서 술과 여자와 섹스. 이런 것들이 죽음의 파티가 될 수 있을 것이던가?

　나더러 삶에도 서툴고 죽음에도 서툴다고 했던가?

　빌어먹을 자식! 술을 퍼 먹이고 혼자 떠나다니."

　그러면서 고개를 들어 여기저기 친구를 더 찾아보고 있었다.

　그러나 그는 다시 보이지 않았고 나타나지도 않았다.

　대지가 비틀거리고 나무들이 불빛을 휘적대며 춤을 추고 있는 것 같았다.

　아직 이슬이 나르는 새벽 정원을 남자는 비틀거리며 걸었다.

　어둠과 빛의 혼돈 위로, 그의 무거운 발걸음이 터덕거렸다.

　남자는 또다시 외로워졌다. 그리고 가슴 한편으로 슬픔이 밀려왔다. 그는 언제나 혼자라는 생각을 했다.

그때, 그의 곁에서 그를 지켜보고 있던 한 사람이 다가와 비틀거리는 그를 부축했다.

"놓아라! 너는 누구냐?"
"나는 당신의 고뇌올시다!"
"고뇌?! 웃기는군. 물러서 거라!"
"당신이 괴로워할 때면, 나는 언제나 당신 곁에 있었소!

그러나 당신은 언제나 나를 외면했소. 그런데 오늘은 고맙게도 당신이 나를 알아보는군요."
"물러서라! 너라고 나에게 무슨 도움이 되겠느냐?"

남자는 그렇게 큰 소리로 외치면서 손을 내저었다.
"도움은 될 수 없을지라도 친구는 되어 줄 수 있소!."

그가 그렇게 말했다. 그러자 남자는 다시 말했다.

"허위의 가면을 쓴 희망 앞에서, 용솟음치던 젊음

도 이제는 죽어 없어졌으니, 너와 무슨 대화가 있을 수 있겠느냐? 너는 보지 않았더냐? 물질적인 탐욕과 동물적인 육신의 쾌락적 관능이 삶의 희열을 에 워싸고 나의 모든 삶을 마취하고 포박하였다. 그래서 나는 가장 이기적인 인간이다. 이제 내 본질의 근원은 모두 어둠 속에 숨고 내 앞에서 용사 노릇을 하는 것들은 본능적 탐욕과 관능의 춤과 형상들뿐이다. 모두 물러나라!

내 차라리 벌레였던들, 향락의 줄을 타고 즐거이 죽음으로 떠날 수 있었을 것을, 이제 나는 지쳤다.

용솟음치던 희망찬 내 용기들은, 내 의지들을 하늘 높이 헹가래치다, 불혹의 나이에서 갑자기 나타난 공허를 보고서 모두 도망쳐 버렸다. 내 명예와 돈과 사랑이 모두 그러했으니 내 희망의 의지들은 모두 눈물의 소용돌이 속으로 곤두박질쳐졌다."

남자는 두 손을 휘저으면서 그렇게 외쳤다.

그 남자의 고뇌는 주인의 그러한 모습을 보더니 겁에 질린 듯이 슬금슬금 뒤로 물러났다.

동쪽에서 태양 빛이 이슬 젖은 어둠의 커튼을 벗기고 있었다.

둘러보니 주위가 밝아져 왔다.

남자는 술에 아직도 취해 있었지만, 정원과 숲이 있는 요정에서 친구와 밤새 술을 마신 것은 기억해 내고 있었다.

그때 어디서 흔들리는 휘파람 소리가 들려 왔다.

돌아보니, 밤을 가득 담아 마시던 술병이 저만치에서 혼자 휘파람을 불며 노래를 하고 있었다.

"그대는 고아, 위로해줄 자는 나뿐이로다!
방랑하는 가출 자는 나의 영원한 벗
하늘을 깔고 앉아 바다를 마시고
땅덩이를 손에 쥐고 공놀이를 하자!
하늘의 신도 땅의 여신도 발가벗기고
즐거이 간음하자!
살아 있는 그대들은 모두 고아
위로해 줄이는 나뿐이로다!
나의 입술은 더 없이 매끄럽고

나의 알몸은 불처럼 뜨겁고 찬란한 것.

삶에 손을 넣고 있는 자도 뺀 자도

신에 안기는 자도 버림받은 자도

나를 모르는 자는 천국도 모른다.

나는 황홀한 아침보다도 더 깊은 황홀이다.”

술병은 그렇게 노래하고 있었다.

“그만 두라! 거짓 속임의 그런 노래는, 신성한 자신의 몸을 파는 네놈한테나 어울린 것, 어찌 내 위안이 될 수 있겠느냐? 이제 너도 나와 이 세상을 그만 속이라!”

남자는 취한 목소리로 그렇게 말했다. 그리고 물 먹은 빨래처럼 지친 육신을 풀밭 위에 내동댕이치고 누웠다.

그때, 고뇌가 그의 곁으로 다시 다가섰다.

그리고 그의 눈치를 살피다가 다시 말을 걸었다.

"그대는 지쳤다! 일어나서 그대를 찾는 안식처로 돌아가라!

그곳은 땀들이 익어 따뜻하게 김이 나는 정들이 살고 있는 곳이다. 그대가 향유했던 것들은 모두 그대의 삶인 것. 어찌 모든 것들을 부정하고 버리려 하는가? 그대의 자식들과 사랑과 명예와 인과들을 다 어찌할 것인가?"

고뇌는 자기 주인이 애처롭고 걱정이 된다는 표정을 지으며 그렇게 말했다. 그러자 남자가 말했다.

"이젠 황금도 명예도 사랑도 진저리가 난다. 모든 것들은 가면무도회의 환영들뿐인 것. 모두 전락 되고 파괴되어라! 그들의 무대에서 나는 이제 떠나리라!

아! 나는 차라리 식물의 영혼을 그리워한다. 내 육신의 대지는 이미 무지한 동물들의 싸움터로 변해 버렸다. 육신은 탐욕과 향락의 굴속으로만 나를 끌어당기고, 영혼은 빛의 날개를 달고 하늘을 오르려고만 나를 이끈다. 이렇듯 영혼과 육신이 서로 줄다리기를 한다.

아! 저주스런 마귀 앞에서 부끄러운 줄 모르는 내 민망한 알몸뚱이여! 줄이여 끊어져라! 신과 짐승은 하나가 될 수 없는 것.

이 둘 사이에서 줄을 타고 살아가는 인간의 삶들이란 참으로 나약한 것. 나는 간사한 그 줄을 끊으련다! 차라리 지옥에 떨어져서 당당히 걷고자 한다. 죽음 앞에 서면 모두가 허영의 이기요 공허의 기만들뿐이다. 무엇이 남는 것인가? 사십 년을 허비하고, 미혹의 과거들로만 꽉 찬 내 뇌수 속에는 이제 희망은 없고 오직 절망뿐이다.

아! 그래도 절망이라도 있었으니 얼마나 다행한가?

절망 끝 구석에서 내 평화의 새가 웅크리고 앉아서, 절망에 대한 호기심이라도 꿈꿀 수 있으니.

모든 인간에 대한 정을 그리워하면서도, 모든 인간의 정을 경멸하는 불꽃에 싸여 나는 오늘도 삽화 같은 나그네가 되어 타고 있구나.”

남자는 그렇게 모순된 자신과 세상을 한탄하였다.

그러자 듣고 있던 고뇌가 말했다.

"아! 안타깝게도 그대는 삶에 대한 믿음을 모두 없 앴구나.

신에 대한 믿음과 인간에 대한 믿음, 그리고 자신 에 대한 믿음마저도 없다면 그것이야말로 가장 비참 한 것을…

그대는 고귀한 생명의 현실을 부정하고 있다.

생각해보라! 그대의 삶은 꿈이 아니요 현실이다!

이 세상 모든 것이 현실로 존재하듯, 그대와 그대 주위의 모든 것과 그곳에서 일어나는 모든 현상들도 현실에 있다.

허영의 이기도 공허의 기만도 있어야할 현실이고, 그대 물질의 탐욕심과 관능의 유혹들도 모두 존재하 는 현실임을 믿으라.

그리고, 맑은 하늘 위에 신의 모습을 닮은 그대 영 혼 또한 현실이고, 하늘을 날으려는 그대 영혼의 날 개 또한 현실임을 믿으라.

고통과 슬픔과 환희와 기쁨도 현실이요 생과 사도

현실이다. 그러한 현실 속에 있는 그대가 어찌 미래 속으로 먼저 달려가서 현실을 두고 무가치요 허상이라고 한탄하는가?

현실에선 현실만 믿고 미래는 미래에 가서만 그를 따르라.

그대는 현실에 대한 믿음을 도피적 기만으로 부셔 버렸다.

현실에서 현실을 믿지 않는 것, 그것이 가장 비참한 것을 …"

고뇌가 그렇게 말하자, 남자는 술 취한 목소리로 다시 말했다.

"너도 날 유혹하는구나. 너 또한 환상 속에서 사는 놈이 어찌 현실 운운하느냐? 내 일찍이 모든 진실을 노래하고 아름다움만을 그리며, 진리를 대접하고 고귀함만을 세상에 상찬으로 해도, 내 믿음의 대상들은 오히려 그것을 맛 좋은 사냥감으로만 여겨 버렸다. 그렇게 나의 순수들은 살육되었고 비참하게 죽어 갔다.

그때라면 나의 본성과 감성들, 그리고 이성까지도 나를 경멸로서 수없이 비웃었다.

아! 나는 무엇을 위하여 존재하던가?

그리고 지금 나에게 남은 것이 무엇이 있던가?"

하고 한탄을 하였다.

그러자 저만치서 술을 마시며 노래하던 시인이 시를 또 읊었다.

"내 죄 지은바 없이 내게 내려진

천벌(天罰),

-먹어야 살 수 있느니라.

내 의견 들은바 없이 내게 시키는

천도(天道)

-남녀 합하여 하나 되라.

내 바라던 바 없이 내게 엮어진

천명(天命),

-자식을 낳아 기르라.

내 원하던 바 없이 내게 주어진

천형(天刑),

　–늙고 병들어 죽으라.

　–그것을 누가 피하리–. 누가 어기리–."

　그러자 남자가 소리쳤다.

"참으로 시인이란 작자는 밉살스럽게 예절이 없는
놈이로구나. 겸손이란 하나도 없이 헤집고 칼질만을
해댄다. 진리란 진리에만 있는 것이던가? 진리 아닌
것에도 진리가 숨어 있다는 것을 모르는가?"

　하고 말했다.

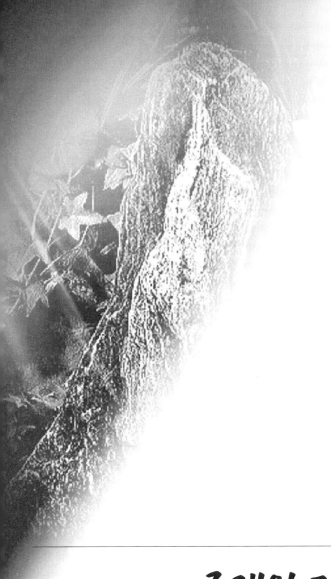

2

존재의 가치

❷

존재의 가치

그리고, 남자는 말이 터진 김으로 또다시 크게 말했다.

"그래 좋다! 그렇다면 이 세상 도덕에서 생명이 평가되지 않은 것은 존재의 가치도 없는 것.

나를 평가할 범주의 법률을 어디에 맞출 것인가?

나를 지겹게 따라다니는 고뇌여 나를 보라!

그 도덕의 척도를 자연과 신에 둘 것인가? 이 시대의 도덕에 둘 것인가? 아니면 내 자신 생명 하나에 둘 것인가? 아무리 생각해 보아도 그 아무것에도 걸맞지 않다. 내 생명을 내가 나의 뜻대로 이끌 수 없는 것이라면, 이것이야말로 나의 공허요, 내 꿈에 대한 기만들이 아닌가?

그대가 말했듯이 현실이 현실로만 존재하고 미래가 미래로만 존재한다면 그 또한 가치가 있는가?

삶의 믿음은 가치가 있는 것에 있고, 가치는 존재성의 바른 평가가 이루어져야 하는 것이다.

모두 듣기 싫다! 바람의 회유들이여!"

그 말을 듣자, 고뇌는 단번에 화를 내고서 일어섰다.

주인의 정신이 아직 어리석음에 빠져있으니, 단단히 마음을 먹고 설득을 하지 않으면 안되겠다 싶었는지 큰 소리로 말했다.

"그대는 그대 속에 흐르는 피도 믿지 않고 부정하며, 그대를 태어나게 한 핏줄도 믿지 않을 것인가? 그대의 현실을 그대의 영혼이 외면하고, 육신을 어둠 속에 처박고 영혼만이 빛을 쫓아 나르려는 것, 그것이야말로 기만이다. 존재하는 모든 형상은 그대의 육신과 모든 물질 없이는 없는 것이다. 그것이

본질의 연유요 생명의 현실이다. 그 속에 우리 생명의 가치가 있다.

따라서, 현실에서 생겨나는 생명들은, 본질의 융합 변화에 따라 시작되고 다시 멸하게 되는 것. 그 전체법률 속에서 우리의 삶은 그에 따른 책임과 의무를 다하는 것이고, 생의 가치도 주어지는 것이다."

그러자 남자는 고뇌를 향해 다시 비웃었다.

"그것이야말로 신의 조작품이요, 나의 비웃음거리이다. 인간의 영혼이 신을 정복하지 못하도록 묶어놓은 신들의 사슬이다.

신이 우리를 만들 때, 생명에 죽음을 두어 시간을 토막 내었다.

그리고, 피의 사슬 속에 종족 번식의 본능을 집어넣어 갈증을 유발케 하였다. 또한 섭식을 하여야만 살 수 있도록 만들어 욕망에 빠지게 하였다. 관능 위에는 성욕의 마취제를 발라 향락의 환상을 일게

하여 그물을 또 씌웠다. 그리하여, 인간이 인간 이상의 그 무엇이 되는 것을 철저히 막아, 유한의 한계 속에서만 살 수 있도록 육신 속에 인간을 가두어 버린 것이다.

이렇게 주어진 본능으로 사는 것들이 모두 신의 현실이지, 어찌 내 개인생명의 현실이던가?

신에 대한 나의 모멸과 분노가 여기에 있다.

나는, 헛됨으로 된 내 삶의 공허들에게 경이로움과 경멸을 함께 보낸다. 그리하여 나의 반항은 죽음으로써 화살이 되어 신의 심장으로 향할 것이로다."

그러자 고뇌가 다시 자세를 바로 세우며 말했다.

"그대는 끓는 물에 소오다를 타서 마시는구나. 우주는 질서 위에 있고, 질서 또한 우주 위에 있다.

우리 몸속의 세포들이 조직의 질서 속에서 생명체를 이루듯, 자연의 생태계도 자연의 질서 틀 위에서 또 하나의 지구 생명체를 이루고 있다. 그리고 더 나아가 우주자연 일체의 큰 생명체로 이어지는 것이다.

이렇듯, 단위체적 질서 위에서 자연과 우리 인간도 변화의 과정을 거치면서 새로 태어나고 죽는 것이다. 따라서 우리 인간의 삶은 우주체 세포의 진화와 변화의 과정에 속하여서 할 일을 다 하고 있을 뿐이다.

그러므로 그대의 신성에 대한 인식은 잘못되어 있는 것이다.

이제 그대의 정신세계는 그대 물질문명의 이기적인 인간의 세상에서 벗어나, 대 우주 자연도덕 질서 위에서 생명의 존재가치를 다시 찾아야 한다.

그리하면 그대의 생명이 허무가 아니요, 가치 있는 현실임을 알게 될 것이다. 그때에 그대는 대자연 진리 속의 존재성으로 새롭게 태어날 것이다.

따라서 모든 생명은 진리적으로 태어나서 진리적으로 살다가 진리적으로 죽는 것이다.

그대는 그대의 존재성가치가 망가졌다고 하였다.

그것은, 인간의 수억 년 진화역사 중에서, 그대가 현세의 물질문명 시대에 태어났기에, 현시대의 유행 도덕 가치에 교육되고 쇠뇌되어 왔기 때문이다.

그리하여 그대는 아직도 미개한 물질문명의 인간이기시대의 도덕기준의 잣대로 자신을 평가하며 살아왔다.
  그리하였기에 그대의 존재가치가 잘 못 판단되고 잘못 평가가 되었다는 것이다.”

  그러자 남자가 얼굴을 찡그리며 고뇌의 말을 가로막았다.

  “그대 말 속의 큰 이치는 알 것 같다. 그러나 나는 이 시대에 살고 있는 존재다. 그리고 당장 처자식을 먹여 살려야 하고 내 자신도 보다 긍지롭고 여유로워야 살 수가 있지 않겠느냐?
  그럴려면 명예와 물질도 풍부해야 하고 더더욱 축적이 되어야 미래를 보장할 수가 있는 것이다.
  그러므로 그대의 말은 나와 이 시대에 맞지도 않은 황당한 소리에 불과하다.”

  남자가 그렇게 말하자 고뇌는 남자의 어깨를 짚으

며 조용히 말했다.

"적당히 필요한 양식은 당연히 있어야 한다. 그러나 그대는 무한의 양식을 탐하다가 망하지 않았더냐?

그리고 지금도 명예와 탐욕의 이기에 붙잡혀 있기 때문에, 죽어서라도 자존심을 세우고자 자살을 하려는 것이 아닌가?

그것이 바로 물질문명시대의 잘 못 된 이기적인 자존심이라는 것이다. 그렇기에 어서 빨리 인간근원에 주어진 자연섭리의 존재가치로 돌아와 자신의 존재가치를 다시 세워야 하는 것이다.

이 시대 대부분의 사람들은, 존재의 가치를 자연섭리가치 기준에서 판단하지 못하고, 인간만을 위한 인간의 이기적인 도덕기준의 판단으로 살고 있기에 그 속의 성공이란 모두가 허무의 성공을 얻을 뿐이다.

인간의 이기적인 도덕가치 속에서는 만족이란 없다.

물질문명 속의 인간이기의 성공이란 진리적인 성공이 아니기 때문이다.

그러므로 자연섭리도덕에서 그대 존재성의 가치를 찾아야 한다. 그 진리섭리 속에만이 평화로운 만족이 존재하고 진정한 성공도 얻을 수 있을 것이다.

그렇기에 묵은 시대의 도덕인식에 갇힌 그대는 그 두꺼운 인간이기시대의 도덕가치의 인식껍질을 부수고, 대자연 섭리도덕 진리의 존재가치로 다시 조명되어 새로운 정신으로 태어나야 한다는 것이다.

인간의 근원은 우주자연섭리 속에서 태어났기에 자연섭리의 진리를 따라야 인간은 멸하지 않는다.

그대가 우주체의 미세한 세포에 불과할지라도, 그대에게 주어진 그대 생명의 삶은 우주와 같은 존재이기에, 그대의 존재가치도 중요한 것이다.

따라서 그대는 그대 자신을, 자연의 평화로운 정기 속에서 순수한 자연진리의 존재로 이끌어야 한다.

그것이 미래의 깨어난 정신문명을 이끌고 자연을 파괴하지 않고, 자연과 함께하는 자연생명 일체도덕의 평화시대로 가는 길이 되는 것이다.

그대는 이제부터 그대 육신의 관능 위에 영혼의 관능도 인식할 줄 알아야 한다. 그리고 스스로 연을 끊고 부정하지 말라.

그대는 삶의 철학이 없어 뜨거운 붉은 피 속에 절
망의 공허를 섞어서, 가치 있는 삶으로 기운을 빼버
리고 탐욕과 이기적인 환상만을 마셔 왔다.

그러한 그대는, 참되고 순수한 높은 영혼의 날개
를 갖지 못했다.

그리고 탐욕과 이기의 날카로운 발톱에 붙잡혀 있
기 때문에 죽음을 생각하는 것이다.

그대는 하늘을 나는 새만 알고 땅속을 나는 새를
못 본다.

그대 삶이 우주의 거시 질서 속에서 너무 작고 적
은 순간적인 일부분의 존재인 것이 불만이겠지만,
그대의 삶이 허구 또는 환상은 아닌 것이다.

자! 이제 일어나 가자! 그대의 인과가 부르는 현실
의 땅으로!

그곳엔 그대가 알고자 하는 신의 길이 있고 신에
대한 자유도 찾을 수가 있다.”

고뇌가 그렇게 길게 설득을 하며 타일렀다.

그러자 고뇌의 말을 듣고 있던 남자는 고개를 가로 저의며 말했다.

"제법 아는 척하는 네놈이야말로 신의 꼭두각시요, 신의 가면이며, 신의 회유이다.

그대가 말했듯이, 나는 삶에 충실했다. 그리고 태양을 닮은 눈깔로 손톱이 다 닳도록 삶의 주사위를 던져 대곤 했었다.

그때라면, 밑이 없는 탐욕의 항아리는 아무리 땀과 피를 쏟아부어도 차오르지 않았다. 그리하여 내 심장의 뜨거운 피는 모두 말라 버리고, 뜨겁던 꿈들은 얼음이 되어서 차갑게 버석거렸다. 이렇듯 인간의 갈증은 어떤 것에도 끝이 없게 되어 있다.

그것은 모두 신이 인간 속에 넣은 본성이라는 신의 의지 때문이다. 어찌 인간이 우주 거시 체의 정신과 같을 수가 있겠는가?

아! 그러므로 끝이 있는 것은 오직 죽음뿐이다.

이제 내 모든 그리움의 눈물들은 고름덩이로 변하고 말았다.

무슨 한계에 의한 질서이고 어떤 도덕 기준 척도의 가치인가?

무슨 한계에 의한 삶이고 어떤 도덕기준의 척도에서 현실인가?

나의 기준을 어디에다 맞출 수 있는가?

그것들은 모두 삶의 고통에 대한 아픈 가치만 있을 뿐이다.

이것이 나의 공허요 나의 꿈이었던 것이다."

남자는 그렇게 말하고 입을 다물었다.

그러자 이내 고뇌가 그의 말을 이어받았다.

"그대와 인간은 자연에서 태어나 자연의 큰 진리 도덕 속에서 살다가 변하고 멸한다.

현실계는 현재도 멸하고 변하는 자연의 현실에서 그대 또한 존재하고 변하고 있는 것이다.

멸하고 변함은 생명의 죽음에만 있는 것이 아니다.

오늘도 멸하고 내일도 멸한다. 그 멸하는 것이 곧 탄생이요 성하는 것이며, 그것이 영원이요 오늘이요 현실인 것이다.

　따라서 생명으로 태어난 그대는 그대의 삶만이 그
대의 것이며, 그대의 탄생과 죽음은 그대의 것이 아
니다.

　그리고 어디로도 도망칠 수 없는 현실 속에 갇혀
있다.

　그대가 현실을 외면하면 할수록 그대는 현실의 감
옥 속으로 더욱 깊이 갇히게 될 것이다. 그러나 그
대가 현실을 인정하고 현실을 맞으면 맞을수록 그대
자유의 문은 모든 만생명들의 세계로 향하여 열리리
라.”

　고뇌가 그렇게 말하자, 남자는 부아가 나서 또 말
하였다.

　“내 입속에서 우히히! 귀신이 소리의 머리칼을 헤
풀고 흘러나와 내 온몸을 오싹하게 휘감는구나. 너
는 나를 그만 웃기라!

　그대가 말한 현실을 인정한다 하더라도, 그 현실

의 가치가 무엇이며 보상이 무엇이냐? 생을 살고 나서 내 죽음 뒤에 내게 주어지는 것이 무엇이냐?

허무와 공허가 보상이고, 죽음 뒤 무한의 망각이 상이더냐?

그대는 그것을 가치 있는 것이라고 말할 수 있느냐? 대 자연의 섭리에서 한 인간의 일생이 변화의 한 과정의 현실에 존재한다면, 그것 또한 대자연 우주 만물의 변화 섭리의 현실일 뿐, 내 생의 행위들은 곧 그들의 것일 뿐이다. 그러므로 내가 행한 행위는 노예가 행한 착취된 행위요, 미혹에 마쳐되어서 꾸는 허망한 환상의 꿈일 뿐 아니냐?"

그렇게 말하는 남자는 괴로웠다.

그는 고뇌의 말에 자신이 조금씩 흔들리고 있는 것을 느끼고 있었다. 고뇌가 말하는 인간만의 도덕보다 자연섭리도덕의 가치에서 존재성을 찾으라는 말에는 수긍이 갔기 때문이다. 그러나 고뇌에게 굴하고 싶지 않았다.

그러자 시인이 술을 마시다가 노래를 한다.

"모든 절망이여 그대 뜻대로 하소서 그것이 희망이다.

모든 속박이여 그대 뜻대로 하소서 그것이 자유이다.

모든 미움이여 그대 뜻대로 하소서 그것이 사랑이다.

모든 파괴여 그대 뜻대로 하소서 그것이 창조인이다."

그러자, 풀밭을 뒹굴며 바람을 마시고 있던 술병이 벌떡 일어서며 코 먹은 소리를 내며 끼어들었다.

"참 재미있는 구경이로다! 만질 수 있고 보이는 자가 환상을 쫓아 말하고, 형체도 없고 보이지도 않은 자가 현실이 있다고 운운하니. 참으로 희한한 연출극이로다.

허무를 믿지 못하면서 허무를 말하고, 현실을 믿지 못하면서 현실을 말하는 그대들은, 모두 하늘 위로 낚시를 던지고 바람을 낚는 자들이다.

자! 이리 와서 목을 축이고 나에게로 오라!

나에게는 그대들이 원하는 모든 것들이 다 있다.

그대들은 내가 내 뱃속에, 언제나 술을 가득 채우고 있으면서도 술에 취하지 않고 있음이 왜 그런지 알지 못한다.

황홀의 최상급은 마령의 미소와 춤에 숨겨져 있는 것.

그대들은 소름끼치는 황홀을 맛보라. 그러면 그 속에 현실과 공허가 함께 있음을 알 수 있을 것이다."

술병은 그렇게 말하고 빙글빙글 춤을 추면서 노래를 하기 시작했다.

"헤이호! 헤이호! 앗싸 헤이오!

골치 아픈 것들일랑은 내 취미에 안 맞아!

나는 언제나 즐겁게 살아 있는 환상의 커다란 새.

심각한 얘기들은 듣고 싶지도 않아!

나의 새가 그대들을 쪼아 먹기란 너무 쉬운 것.

그러나 나는 그것도 싫어!

나는 언제나 달콤한 입술의 짜릿하고 오싹한 키스를 원해.

나의 피부는 매끄럽고 나의 피는 불처럼 뜨거운 것.
그 속에 그대들의 천국과 지옥이 있고
그대들의 현실과 꿈의 환상이 모두 들어 있다.
헤이호! 헤이호! 앗싸 헤이오!
골치 아픈 친구들은 모두 내게로 오라!"

술병이 바람을 휘감고 돌며 그렇게 춤을 추며 노래를 한다.
그러자 남자는 그를 밀쳐서 풀밭에 내동댕이쳤다.

"더러운 사기꾼! 양파처럼 황금빛으로 단장하고, 풍만한 유혹의 몸매로 거짓 가면의 속임을 수없이 쓰고 있구나. 껍질을 벗기고 벗겨도 속이 없이 오직 껍질만으로 되어 있는 네 놈은, 환락에 빠져서 죽어간 시체에서 짜낸 피고름 같은 것.
네놈이야말로 그 얼마나 많은 사람들을 꾀어 고귀한 정신들을 죽여 왔느냐?" 남자는 그렇게 소리치며 술병을 보며 구토를 하였다.

"무지한! 무지한! 모두가 무지한 탓이다."

그는 구토를 하면서 그렇게 비명 섞인 소리를 내
었다.

그렇게 그의 구토는 병이 되어 버린 것 같았다. 그
것은 세상 삶에 대한 어떤 혼돈에서 온 삶의 멀미병
과 같은 것이었다.

"아! 내 친구는 어디로 갔는가? 나를 이렇게 이들
과 싸우도록 해 놓고서 어디로 혼자 자취를 감추었
단 말인가?"

남자는 두리번거리며 그렇게 자신을 두고 떠나 버
린 친구를 찾고 있었다.

그때, 멀리 던져진 술병이 뱃속에서 술을 줄줄 흘
려 내리면서 남자를 보며 비웃었다.

"내 뱃속에서 토해내는 것은 그대와 같은 오물이
아니요.

바로 그대들의 어리석은 분노들이다.

인간들은 미쳤지! 암! 미친놈들이고말고!

이기에 찌들고 환락과 탐욕에 빠져 불어터진 굼벵이처럼 한치 앞도 못 보면서 고리타분한 말장난들이나 해 대며 세월을 허비한다.

정녕 너무 어리석어서 제각기 훌륭해 빠진 부스러기들이다. 그리하여 나는 그대들을 골라 재판하는 지옥의 사자 노릇도 겸하는 것이로다."

술병이 그렇게 비웃고, 빙글빙글 구르며 사라진다.

3

떠도는 여인

❸

떠도는 여인

그때, 요정 안에서 진한 화장을 하고 요염한 몸매를 한 여인이 나왔다.

그녀는 맨발로 잔디가 밟힐세라 사뿐사뿐 걸어오면서 말했다.

"이제 그만들 해요! 나 같은 여자를 밤새 혼자 있게 하고서 못 본체 하는 것은 최대의 무례를 범한 것이에요. 예의를 갖춘 남자야말로 가장 유혹하고 싶은 남자인 것을. 날이 새도록 나를 홀로 두었으니, 이제 나를 더욱 비참하게 만들지 말아요."

여인이 슬픔이 섞인 애교를 부리면서 그렇게 다가섰다.

속이 비치는 엷은 옷차림의 그 여인은 참으로 아름다웠다.

남자는 간밤에 술을 마셨으나 여인을 보지 못했었다.

자신을 위로한다며 바래다 준 친구가 떠나면서 만나 보라던 여인이 저 여인이었던가?

그리고 여인의 엷은 옷차림을 보자 기분이 야릇해졌다.

여인은 어디서 본 듯하였으나 생각이 나지 않았다.

여인이 눈웃음을 치면서 나긋나긋한 몸매로 사뿐사뿐 춤추며 노래를 하기 시작한다.

"믿음직한 그이가 부드러운 미소로
꿈같이 나타나면 선뜻 사랑하리라
꿈 깨어도 후련한 아침햇살 같이
첫눈에 반해버린 그런 사랑이라면
하늘의 축복으로 보내온 것이기에
어찌 인간의 법으로 허물 잡으리까.

누가 무어라하며 주판 튕길지라도
꿈속같이 거침없는 사랑을 하리라.
사랑하다 그가 넌지시 싫어한다면
강물이 흐르다가 물줄기 갈라서듯
그때에도 유유히 이별에 키스하리."

그때 그것을 곁에서 본 남자의 고뇌가 얼굴을 찡
그렸다.
그리고 낮은 목소리로 주인 남자에게 말했다.

"조심하라! 저런 여자는 천사를 닮은 모습이나, 그
는 혼을 빼앗는 마녀이다. 그리고 술과 같이 액체처
럼, 남자의 깊은 곳을 파고 들어가 불을 지르는 무
서운 방화범이다. 그대는 저렇게 떠도는 몸과 흐르
는 정신을 가진 여인을 조심하라!"

고뇌가 그렇게 말했다. 그러나 남자는 그 말을 못
들은 척했다.
너무도 아름다운 여인이었다. 그리고 그녀는 자신

의 아내를 닮았다는 생각을 했다. 그리고 그 여인을
보는 순간, 어쩌면 첫사랑이던 아내를 처음 만났을
때처럼 가슴이 뛰었다.

남자가 여인을 향해 말했다.

"오! 누구나라도 당신을 만난다면
사랑하지 않을 수 없으리—
은하수를 담은 눈동자에
첫눈이 소복이 내려 뽀얗게 덮힌 듯
비단결같이 매끄러운 피부에
신이 그린 몸매의 곡선과
고운 입술을 —두고라도
오! 밝고 예지로운 그 사랑의 언어들에."

그러자 여인이 남자에게로 다가섰다.
그리고서 머리에 꽂고 있던 꽃을 뽑아 남자의 입
가에 대었다.
주위는 온통 여인의 향기와 꽃향기로 가득했다.
그리고 남자의 손을 잡고 이끌어서 집안으로 들어

갔다.

남자는 자신도 모르게 여인에게 이끌리면서, 그녀의 향기보다 더 진한 무엇에 취한 듯이 정신이 몽롱해지기 시작했다.

그때 고뇌가, 남자와 그녀 사이에 끼어들면서 말했다.

"당신은 한 여자만을 사랑했고, 지금도 그 여자만을 사랑한다.

당신의 애정 도덕은, 백조처럼 홀몸이 되어도 자신을 더럽히지 않고 혼자 살다 죽는 도덕이었다. 어찌하여 순결한 그대의 눈과 정신을 더럽히는가?" 하고서 남자를 말렸다.

그때, 여인의 뒤에서 여인의 유혹이 나타났다.

그는 전신이 속살까지 내비치는 금빛 천의 엷은 가운을 걸치고 있었다.

그리고 여인의 유혹은 남자의 고뇌에게 말했다.

"어리석은 도덕의 굴레는 산처럼 무거운 것이다. 그대가 세상을 알기란 세상의 머리털 하나만도 못한 것. 그대의 말은 용기 없는 자가 새로운 세상을 두려워하며 말하는 자의 말과 같다.

인간이 만든 도덕이란 언제나 변하는 것. 그대는 무지를 앞세워 무지를 대변하지 말라. 안다는 것은 새로운 세계를 겪는 것이다. 또한 아는 자의 정신은 그대가 말한 순결이 타락한 정신 속에 있다. 타락하지 않은 자, 깨친 자 없고. 순수를 부수지 않는 자, 새로운 세상을 열지 못한다. 타락하라! 타락하지 않는 자 고귀함을 모르고, 절망하라! 절망하지 않는 자 희망도 없으며, 파괴하라! 파괴하지 않는 자 새로운 창조는 없을 것이다."

여인의 유혹이 그렇게 말했다. 그러자, 남자의 고뇌는 어이가 없다는 듯이 여인의 유혹을 쏘아보며 다시 말했다.

"그대는 인간의 법률 도덕을 부수고 정신의 순수

를 마쳐하여 부순다. 그대와 같은 여인은, 쾌락이 언제나 온 몸에 질펀하다.

그것은 전염병과 같아서 주위의 날으는 많은 새들을 병들게 하고, 수풀 속의 뱀처럼 때 없이 나타나 평화로운 새들을 잡아먹는다. 그것은 새로운 세상 이전의 혼란이며 오염이다."

그러자 여인의 유혹이 실눈을 뜨고서 또다시 말했다.

"그대는 즐거이 죽는 새를 본 적이 있는가? 새의 머리는 하늘을 날으려 꿈꾸지만, 발톱은 땅속을 파고들기를 원한다. 그대는 새 발톱의 꿈을 본 적이 없다. 쾌락은 곧 새 발톱의 꿈이다.

어찌하여 어리석은 순결이라는 인내를 머리에 이고 고통하면서 짧은 삶 속을 끌고 다니는가? 쾌락을 모르는 자, 인간 삶의 의미를 모르고, 여인을 외롭게 하는 자, 행복한 삶의 가치도 모른다." 하고서 맞받았다.

그때에, 남자에게로 여인이 미소를 지으며 사뿐히 다가왔다.

여인은 속살을 드러낸 몸으로 짜릿하게 남자의 무릎 위에 휘감기듯 안기며 속삭이듯 말했다.

"이봐요! 사랑의 행복을 모르고 모든 것에 겁먹고 의심 많은 고추씨! 당신은 즐거이 사랑의 포로가 되는 법을 배워야 해요.

거친 삶에 지치고 넘어져 상처를 안고서, 보이지도 않는 희망을 쫓고 있는 당신은, 당신 스스로를 비웃으며 울고 웃으며 괴로워하고 있어요. 자! 이제 당신은 이 세상의 반을 차지하고 있는 여자를 배워요. 여자는 곧 사랑의 샘물을 솟구치게 하는 기름진 땅이요, 삭막한 사내들의 사막에 오아시스랍니다.

이봐요! 당신은 아직껏 진정한 사랑의 꿀물을 마셔 보지 못하고, 맹물 속에 빠져 맹물만 마시고 있었어요. 이리 오세요! 그동안 맛보지 못했던 꿀물을 드릴게요. 나의 꿀물은 당신에게 기적을 일으키기에 충분할 테니까요."

여인이 그렇게 말하고, 남자의 손을 끌어다 침실에 앉히고는 자신의 하얗고 매끄러운 허리를 안게 하고서, 뜨거운 입김의 키스를 볼에 퍼부어 댔다.

그때에, 그녀의 유혹이 춤을 추면서 주위에 향수를 뿌렸다.

그리고 솜털 같은 유혹의 안개를 남자 앞에 퍼트려서, 아무것도 보이지 않도록 주위를 가렸다.

그리고 유혹은 주위를 맴돌며 노래를 불렀다.

"아름다운 것은 천국에 있는 것이 아니고
짜릿하고 오싹한 행복도 미래엔 없는 것.
오늘 그대여 아름다운 것과 오싹한 행복을 가져요.
행복의 환희는 아무도 보지 않을 때 살짝 훔치는 것.
기다리는 덕일랑은 지옥에서나 쓰는 것
잽싸게 갖는 행복만이 현실에 있어라."

여인의 유혹이 그렇게 노래를 하며 빙글빙글 춤을 추며, 향긋한 살 냄새로 짠 실로 남자를 묶으려 하고 있었다.

그러자 남자의 고뇌가 유혹이 친 안개 연막을 헤치고 나오면서 큰 소리로 외쳤다.

"그 여인을 밀치고 일어나라!

그녀의 온 몸에 붙은 관능의 촉수들에는 독이 들어 있다.

그리고, 풍만한 가슴 위로 흐르는 매끄러운 기름기는 뱀의 꼬리 비늘에서 얻어다 바른 썩은 고름과 같은 것이다. 사랑의 가면을 쓰고 사내들을 미혹하고, 이곳저곳에 죽음과 파괴의 병균을 옮기고 다니는 저 여인은 탕녀이다. 미지의 천당을 값싸게 파는 저 여인에게, 그대의 순결한 자존과 미래의 희망을 오염시키지 말라."

그러자 여인이 남자의 볼에 입맞춤을 하며 다시 말했다.

"날 원하시거든 내 모습을 보지 말고 내 눈을 보세요.

산과 숲 사이로 계곡이 노래하고 새들이 춤추며
별들이 꽃향기에 반짝이는 내 눈 속을 보세요.
날 원하시거든 내 삶을 보지 말고 내 영혼을 보세요.
세상의 고통 너그러이 싸안고 사랑만을 위하고
따뜻한 정 일점이면 행복해 하는 내 영혼을 보세요."

그러자, 그 말을 듣고 있던 남자는 자신의 고뇌에
게 말했다.

"이 친구야! 저 여인의 말이 들리지 않느냐? 그리
고 나에게 제발 다른 말은 좋으나, 천당이나 희망
따윈 거론하지 말게나. 천당은 죽으려는 자가 만든
꿈이요, 희망은 산 자의 만든 꿈일 뿐이니, 나는 지
금 행복한 현실에 있지 않은가? 천당과 희망 그 둘
은, 모두 중요한 오늘을 거부하고, 허구의 미래를
파는 환상의 유혹들이 아니던가? 미래라는 것 또한
언제나 앞서가는 시간의 꿈이지 인간의 꿈은 아닌
것이다." 하고 말한다.

그러자, 고뇌가 눈을 반짝거리며 거친 숨을 가라
앉힌다.

　"이제 서야 오늘이란 것이 중요한 현실임을 인정
은 하는군. 인간의 의지는 언제나 시간의 꿈이 펼쳐
놓은 융단 위를 걷고자 하는 것. 지금의 당신도 그
위를 걷고 있는 것이요. 제발 그대가 걷는 융단이
자갈밭이 되지 않도록 주의하시오."

　그러자 남자는 귀찮다는 듯이 그만 눈을 감아 버
린다.
　여인도 그의 품에 기대어서 눈을 감고 있었다.
　그때 멀리서 쿵쿵 북소리가 들려 왔다.
　그 소리는 점점 더 커지면서 하늘과 땅 속에서 동
시에 들리는 것 같았다. 어쩌면 그것은 태진의 심장
속일지도 몰랐다.
　북소리가 멈추고 이번엔 조용한 노랫소리가 다시
들려 왔다.
　그 노래 소리는 숲속에서 들려 왔다.

창밖의 정원에서 나무와 나무 사이에 그물침대를
매달아 놓고, 그 위에 누워서 그네를 타며 노래를
부르는 자가 있었다.

그는 남자가 괴로울 때나 혼란스러울 때 가끔씩
노래를 불러 주던 그 시인이었다.

"아! 반가울 때 반가워할 수 없고
싫을 때에 싫어할 수 없는
즐거운 환희의 갈림길에서
나의 노래는 태어나고
속박을 인내하는 밧줄에서
자유의 날개는 돋아 난다.
그 고통 소리가 나의 노래요
그 몸짓들이 나의 춤이다.
삶이란 호수의 거울에 비친
그림과 같이 흐르는 무대
그 속에서 그대들은
자유의 날개를 펄럭이려는
바람의 생명들이다.

바람의 색깔과 모양은

끊임없이 날개 끝에서 일어나지만

하나의 거시 세계와 미시 세계에서

한 컷의 연출에 있는

생명의 그림들은 목적을 모른다.

아! 내 노래는 삶의 근원에서 태어나고

나의 춤은 그대 행위들의 날갯짓

노래하고 춤춰라 영혼이 있는 한

가치는 어느 것에도 있으며

또한 어느 것에도 없다."

남자는 그만 두 손으로 두 귀를 꼭 막아 버린다.

그러자, 여인이 그의 손을 가만히 잡아 내리며 속삭이었다.

"아무 얘기도 듣지 말아요. 당신은 너무 지쳐 있어요.

그러나 용기를 내요! 저와의 달콤한 사랑을 위해서, 어리석은 수줍음을 버리고 매혹적이고 뜨거운 제 몸을 차지하세요.

그리고 환희의 쾌락으로 쓸데없는 부스러기들을 다 태워 버리고, 삶의 기운을 재충전하세요. 내가 이런 행동을 하는 것도 처음이어요. 당신은 내가 그리던 그 사람을 많이 닮았거든요."

하면서 여인이 남자를 재촉하였다.
그러나 남자는 무엇을 생각하는지 꿈쩍을 하지 않았다.
그러자 여인이 다시 말했다.

"이보세요! 어서 뜨거운 제 몸의 자유로운 주인이 되어요.
이럴 때 당신은 스스로 수치스럽게 도망가선 안되요. 그것은 내 생에 최대의 자존심을 짓밟는 것이어요."

여인은 거친 숨소리를 내 쉬며 그렇게 말했다.
그리고 얇게 걸친 옷들을 모두 벗어 알몸이 되었다.
그녀는 조심스럽게 남자의 옷도 벗기기 시작했다.
그러자 남자가 못 참겠다는 듯이 와락 여인을 끌

어안으며 속삭이듯이 말한다.

"아! 가장 서투른 사랑으로 당신을 사랑합니다.
꺼져버린 불씨에서 갑자기 폭발하는 화산처럼—
가장 무식한 사랑으로 당신을 사랑합니다.
눈도 귀도 모두 막고 이성도 없는 마음만으로—
아! 가장 어릿광대사랑으로 당신을 사랑합니다.
예절 겸손도 버리고 오직 발가벗은 전부 그대로
—"

　그때에, 도덕의 관모를 쓴 자가 두꺼운 책을 들고
눈을 부라리며 남자의 곁을 쿵쿵거리며 지나가고 있
었다.
　그 뒤를 따라서 그의 조상을 닮은 몇 명의 노인들
이 남자를 힐끔거리며 고개를 젓고 따라간다. 그리
고 그의 아내를 닮은 여인이 어린아이들을 데리고
손수건으로 눈물을 닦으며 지나간다.
　그러자 남자는 그들을 보고 움츠리며 고개를 숙이
었다.

그때 여인은 자기가 벗은 치마로 그들이 안 보이도록 커튼을 치며 바쁘게 가려 버렸다. 그리고 나서 남자의 온몸을 다시 애무하기 시작했다. 그러자, 남자에게는 아무것도 보이지 않았다.

그들의 주위에서 어슬렁대는 자도 떠드는 자들도 모두가 없어져 버렸다.

여인의 애무는 호수의 물결처럼 짜릿하게 태진의 전신으로 여울지며 퍼져 왔다. 그러자 태진의 몸은 점점 달아올랐다.

"좋다! 인간의 수치함도 인간의 긍지라고 말할 수 있을런지 모른다."

남자는 그렇게 자신을 변명하고 못 참겠다는 듯이 여인을 가슴 속 깊이 꼭 끌어안았다.

4

이성과 본성

4

이성과 본성

그때에, 이번에는 여인의 고뇌가 나타났다.

그는 바짝 마른 얼굴에 눈물을 흘리면서, 사랑을 하는 그녀 옆에 꿇어앉아서 자기 주인에게 말했다.

"그만 두어요, 나의 주인이여!

주체할 수 없는 당신의 끝없는 욕정은 모든 여인들의 긍지를 짓밟고 있는 것이어요. 고귀한 새 생명들을 잉태하여 태어나게 한 당신의 고귀한 몸을, 어찌하여 삶의 생법에 구걸하며 거지들의 움막처럼 더럽혀 불태우려 하는가요?

아직도 꿈 많은 눈빛으로 당신의 자식들은 고귀한

당신의 몸을 이 세상 어떠한 성지보다 더 위대한 성지로 여기고 있을 것을—.

 아! 주책없이 썩어 뻔뻔한 몸뚱이여! 그만 두어요!"

 하고 주인을 한탄하며 눈물을 흘렸다.

 그러자, 고개를 든 여인이 자신의 고뇌에게 화를 내며 말했다.

"주책없고 뻔뻔하기란 네가 더 아니냐?

 너는 언제나 이럴 때에 나타나서 나를 괴롭힌다.

 네가 내 몸뚱이로 들어와서 둘러 봐라.

 죄의 이름으로 내 몸이 처단되고, 별의 이름으로 내가 구렁이로 변한다 해도, 내 살갗과 내 더운 피들은, 참을 수 없는 욕정의 용암으로 가득 차 있는데 한 번도 나를 풀어 두지 않았다. 그러나 오늘은 어쩔 수가 없다. 내가 이 사람에게 왜 이런지 나도 모르겠다. 이러한 나를 어찌하란 말이냐? 내가 변해 버렸다. 신은 여자를 만들 때 모성을 위하여 이성보다 감성을 더 많이 넣어 버렸다. 그랬기에 나 같은 환경이 주어진 여자는 그 감성으로 인하여 사랑에 마취되고 성욕에 취하게 되는 것 인가보다.

아! 이제 내 영혼의 하늘엔 별이 뜨지 않고 외롭고 추운 먹구름만이 가득 남았다. 나에게 지금 필요한 것은 사랑의 용암을 분출할 분화구가 필요할 뿐이다.

비켜라! 나는 이제 불타는 강으로 가련다.

뜨거운 용암이 넘치는 동굴이 있는 사랑의 강으로 ─."

여인은 그렇게 말하고 나서 남자의 손을 잡아끌었다.

그리고 그녀는 자신의 뜨거운 아래쪽의 강 언덕을 가리켰다.

불타는 강은 매끄러운 살결의 언덕을 지나서 숲의 계곡 아래 멀리로 흐르고 있었다.

"푸르른 산천이 용암들에 의해 불타 녹는 것이 보이는구나!

아! 언제쯤에나 황폐한 이 땅에 푸른 싹이 다시 돋

을 것인가?"

　그녀의 고뇌가 그렇게 한탄을 하였다.

　그러자 여인이 고통스럽게 몸을 비틀었다.

　자신이 다룰 수 없는 감성과 이성의 힘든 두개의 고통을 참으려 애를 썼지만 허사였다.

　그때 남자는 여인을 위로해야 한다고 생각했지만 참았다.

　두 개의 신이 만든 피조물처럼 두 몸이 한 몸이던가?

　아니면 신의 계산 착오로 여인을 만들 때 사랑의 욕정을 너무 많이 넣어 버렸는가? 남자는 여인을 보면서 그렇게 생각했다.

　여인은 남자의 손을 잡고 헐떡이며 달리기 시작했다.

　보드라운 살결의 언덕을 지나 미풍이 미끄러지는 비탈길 아래로, 여인과 남자는 알몸의 피부 위로 스치는 수치를 바람에 날리면서 함께 뛰어갔다.

　여인이 숨을 거칠게 내쉬며, 작은 두 개의 산봉우리 위에 멈추어 섰다.

　그러자 남자는 그 위에서 여인을 애무하며 다시

안았다.

여인은 울고 있었다.

그녀의 몸매는 너무도 아름다웠다. 그녀에게서 발산하는 짜릿함은, 남자의 온몸을 경직시킬 것만 같았다.

남자가 울고 있는 여인에게 물었다.

"왜 우는 것이오? 사연을 말해 보시오. 무슨 슬픔과 고통이 있기에 이런 때에 운단 말이오?"

"슬픔도 고통도 아니에요. 이것은 내 삶에 대한 복수로서 반항하는 몸짓을 쾌감 하는 눈물이겠지요. 당신은 이렇게 슬프도록 반항하는 삶의 환희를 또한 모르실 거예요." 하였다.

"참으로 여자는 복잡한 구조로 엮어진 동물이로다.

남자에 있어, 여자가 더 여자답다는 것은 얼마나 더 진저리 쳐지는 일이던가?" 하고 남자는 혼잣말처럼 중얼거렸다.

"그런 칭찬 같은 비웃음이 어디 있어요. 단순함이 많아서 복잡하다고 차라리 말하세요."

여인은 그렇게 말하고 다시 이어 말했다.

"나는 잊으려고 해요. 과거와 미래와 오늘까지도 ―.
그러기 위해서 저는 날마다 사랑을 그리면서 몸을 불태웁니다.
이제부터 당신은 나에 대한 어떤 것에도 관심 갖지 말고, 제 몸 구석구석을 마시고 뛰어다니기만 하세요."

그렇게 말하고 여인은 눈물을 닦았다.
그리고 추운 듯 두 어깨를 부르르 떨면서 남자의 품 안으로 꼭 끼어 들어왔다.
남자는 여인의 가련함 속에서 뜨거운 열정을 느끼었다.
여인의 몸이 다시 뜨거워지면서 남자를 애무하기 시작했다.

그러자 남자의 몸도 뜨거운 열기로 가득 차 올라
왔다.

　　그리하여 남자도 그녀를 더욱 애무하기 시작했다.

　　그는 그녀의 눈에서 눈물을 마시고, 뜨거운 입술
에서 솟아나는 용암 같은 거친 숨결을 마셔 댔다.
그리고 목 줄기 밑으로 뻗어서 사랑으로 한 맺혀 응
어리진 두 젖가슴을 세차게 빨아 댔다.

　　여인이 고통을 못 이기고 또다시 헉헉 달리기 시
작했다.

　　"강으로 가요! 어서 따라오세요. 나는 그곳에서 죽
을 거예요." 하고서 남자를 재촉하였다.

　　그러자 남자가 그녀를 다시 잡아 끌어당겨 안으면
서 말했다.

　　"강물이 범람하니 위험해요! 서둘지 말고 잠깐 기
다려요."

여인은 자신의 열정을 멈추게 하자, 남자를 슬픈 표정으로 바라보았다.

그 때 여인의 뒤에서 여인의 고뇌가 나타났다.

그는 괴로운 표정을 지으면서, 열정에 숨이 찬 여인의 가슴을 두 손으로 어루만져 주면서 남자에게 말했다.

"당신은 이해하지 못할 거예요, 이 여인의 엄청난 슬픈 사연들을 …" 하면서, 자기 주인을 불쌍한 눈빛으로 바라보았다.

"아! 조바심 나게 호기심을 불러일으키는구려! 내게 말해 보시오! 나는 얼음처럼 냉정한 사람이지만, 이토록 아름다운 여인의 이야기라면 어떠한 괴로운 이야기라도 진지하게 듣겠소."

남자가 그렇게 말하자, 그녀의 고뇌가 다시 말하려 하였다.

그러자 여인이 자신의 고뇌를 밀치고 일어나며 말

했다.

"그만두어라! 부끄러운 나의 고뇌여!" 하고서 말을
막았다.

그러자 남자가 말했다.

"아! 당신에 대한 궁금증이 마력처럼 나를 끌고서
당신의 핏줄 속으로 줄달음치고 있소. '침묵은 금이
다'라는 말은 오직 한 군데 밖에 쓸모가 없는 것, 그
것은 감추어 남을 속이기 위함뿐일 것이오. 이제 나
의 굳었던 마음들은 당신 앞에서 녹아 당신의 사슬
에 묶여져 버렸으니, 당신의 고통을 어서 털어놓으
시오." 하고 남자는 다시 재촉을 했다.

남자는 간절하게 여인을 바라보며 그렇게 말하자,
여인은 한참 동안 남자를 바라보았다. 그리고 두 볼
에 눈물을 흘렸다.
여인은 마음을 놓은 듯 남자의 가슴에 얼굴을 갖

다 대었다.

그리고 조심스럽게 말했다.

"좋아요! 당신이라면 내 과거를 얘기할 만하군요. 우린 서로 아직 누군지도 모르는 상태이니까요."

그러고 나서 여인은 말을 이었다.

"나는 본시 부유한 귀족의 자손이었습니다. 또한 남이 부러워하는 최고의 학식도 흡수했고요. 그리고 한때는 꿈을 안고 결혼하여 아들 딸 낳고 행복한 가정을 이루고 살았었지요.

살림도 부유하여 어려운 것이 없었는데, 몇 해 전, 여성 선동가들이 뿌린 전염병이 나에게도 번졌지요. '갇힌 자의 행복은 감옥 속 파랑새와 같이 죽은 삶이다! 그러므로 갇힌 자의 행복보다는 자유로운 날개를 갖은 고통이 더 값진 삶이다. 새 시대의 여성들은 나와서 구시대를 부수자!' 하는 선동들이었지요.

그리하여 누구에게도 지기 싫어한 나 또한 용감한

선구자의 모습을 하고 집을 뛰쳐나왔습니다. 그러나 삶의 바탕에 깔린 남녀의 구조적 역할이 결여 된 이 시대에서, 선구자들의 운동은 미래의 여인들만을 위한 운동을 했을 뿐이었습니다.

나이를 무시하고 앞장선 여성들은 설익은 이 시대의 도덕들에 합류되어서 희생되었습니다.

전환기에 있는 여성들의 삶도 귀중하다는 것을 모르고, 오직 선동가의 자기적인 삶으로 닮기를 강요당했기 때문이지요.

일부의 여성들이 그로 말미암아 해방되기도 하였으나, 나 같은 사람은 오히려 희생자가 되었습니다. 그것은 저의 어리석음 때문이었지요. 오늘의 자유를 위한 내 지난 투쟁의 삶들은, 전체주의라는 것에 속박을 당했던 것입니다.

또한, 내 개체적인 삶은 나의 능력과 나의 환경방식이어야 함에도, 나는 나의 고유한 내 자유를 버리고 남의 자유 방식을 찾아다녔습니다.

그러한 나의 지난날들이 저를 이렇게 자유로운 지옥 속에 가두어 버렸습니다.

남성들도 각자의 삶의 방식과 가치의 척도가 다르듯이, 여성의 삶과 행복의 조건 또한 모두와 같을 수 없지요.

내가 그것을 알았을 때는 이미 때가 늦었어요. 나를 기다리다 못한 내 남편과 자식들은 모두 지쳐서 죽고 말았으니까요.

그것은 가장 귀중하고 가치 있는 내 자유를 잃은 것이었지요.

그리하여 나는 이 숲속에서 기막히게 자유로운 감옥생활을 더욱 벗어날 수 없게 되고, 날마다 이 곳 무지개가 피는 뜨거운 강가의 쌍 언덕에서 누구를 항시 그리게 되었답니다.

왜냐고요? 이곳에 숨차게 올라와서 보면, 저의 남편과 자식들이 묻혀 있는 무덤이 보이기 때문이지요. 어떤 때는 그 무덤에서 그들이 나를 불러요. 그 무덤은 저 언덕 아래 숲으로 둘러싸인 계곡의 불타는 강 상류에 있는 동굴이랍니다."

그녀는 산줄기가 둘로 갈라져 계곡을 이루고, 강

을 일으킨 강 상류의 높은 숲 언덕을 가리키며 숨이
차게 말했다.

"이제 나는 그곳으로 가야 해요. 저곳이야말로 나
의 마지막 남은 안식처이지요. 그리고 내가 묻힐 무
덤 자리이기도 하기 때문이지요. 여태 지켜왔으나
당신 같은 사람이라면 안내를 하겠어요. 그러하니
당신이 함께 동행 해 준다면 나는 더없이 행복할 거
예요." 하고 말했다.

남자는 여인의 안타까움을 보았다.

"여인이여! 어찌하여 그대는 그대 고유한 삶을 남
들의 무대 속에 팔았는가? 태풍이란 하늘과 땅 위에
일고 땅 밑 깊숙이 지진으로도 인다는 것을 알지 못
했는가?
인식이란 가장 위대한 법전인 것. 남으로부터 오염
된 인식들이 그대를 철저히 노예화 시키고, 그대는
이제 남들의 덕에 묶여 버렸구나." 하고 말하였다.

그 말이 끝나자, 여인의 머리 뒤에서 여인의 긍지가 또 불쑥 일어서며 나왔다.

그는 스핑크스 모습으로 나타나서, 화를 내며 말했다.

"웃기는 소리 하지 마세요! 여자는 이제 남자와 가정에 매어 살아선 안 돼요. 고대로부터 여신이 많은 것은 인류에 있어 여자가 더 위대하기 때문인 것. 이 여자의 변덕 많고 방정맞은 청승은 여인들의 본질이 아니요." 하고는 자신의 주인을 향해 외쳤다.

그리고 그는 남자를 노려보며 다시 말했다.

"여성들은 일어날 것이다! 그대 남성은 들으라!
우리는 인류가 시작되면서부터 남자들에게 지배당했다.
이제 힘으로 이루어졌던 권력의 시대는 지나고, 남과 여 구분 없이 서로의 특성을 살린 개성적 창조력을 가진 자가 미래를 지배하리라! 이제 남성에게 힘으로 빼앗긴 여성의 자유를, 여성들은 찾으리라!

생리적인 육체의 구조에서 오는 제약된 활동에서 벗어나, 약해졌던 여성의 능력들을 되살려 남자로부터 자유를 다시 찾을 것이다. 과거에는 힘의 권력에 의하여 계급 차별이 생기고, 그에 따라서 성차별이 심화 되었다. 그러나 이제 힘의 지배 시대는 끝나고 정신이 지배하는 시대가 되었다.

그리하여 여성들은 일어났다!.

이 문명 시대에서 아직도 원시적이고 가부장적인 조상들의 유물을 이으려는 남자들의 관습을 우리는 깨뜨릴 것이다. 그러기 위해서, 이 시대의 여성들은 희생양이 되더라도 미래의 수많은 미래의 여성들을 위하여 싸워야 한다. 이제부터 우리는 남자들을 고통스럽게 만들어 투쟁으로 이길 것이다.

우리의 자유가 그곳에 있는 것이다. 우리는 힘으로 싸우지 않고, 이제부터는 새로운 창조력으로 남자들을 이용하리라.

그리하여 남자들에게도 아픔을 주게 될 것이다.

또한 남자들이 아무리 강해도 우리의 유혹과 사랑

의 교태에는 무방비 상태로 너무 약하다. 우리는 그
것도 충분히 이용할 것이다. 여성의 용사들이여! 선
구자들이여! 우리들의 긍지를 위하여 모두 투쟁하
자! 모두 싸움터로 나오라!"

여인의 긍지는 그렇게 크게 소리를 쳤다.
그리고, 스핑크스처럼 우뚝하니 굳은 표정으로 사
자의 앞발을 내밀고 있었다.
그러나, 여인의 아름다운 몸은 이미 하나의 빛나
는 진주알이 되어 남자의 입속에서 꿈틀거리고 있었
다. 그녀는 괴로운 환희에 몸을 비틀며 격정의 숨소
리를 내고 있었다.

"아! 내 도덕의 그림자 고뇌여! 또한 나의 자유로
운 긍지여!
나는 그대들 때문에 더욱 괴롭구나. 나더러 어찌
하란 말이냐?
이제 나를 풀어다오. 남자와 같이 살 수 없는 몸이
면서, 이제는 남자 없이는 하루도 견딜 수 없는 몸

이 되었구나. 나는 육신의 노예와 감성의 노예이지, 남자의 노예가 아니었던 것이다. 나를 이대로 놔두라!"

여인이 자신의 고뇌와 긍지에게 그렇게 말하면서 온몸을 출렁이며 몸을 수없이 꼬았다. 그녀는 갈증을 이기지 못하고 태진의 몸 위로 올라와서 애무를 하기 시작했다. 그리고 남자의 몸 모든 것을 수없이 빨아 댔다.

그때, 남자의 고뇌가 뒤에서 다가와 남자를 향해 말했다.

"이제 저 여자의 본색이 드러났다. 탕녀란 누구나 저 여인과 같다. 앞으로는 잘난 척 자신을 내 세우면서도, 뒤로는 자신을 이기지 못하고 저열한 짓을 서슴없이 한다. 이제 창조하는 땅을 가진 여인은 모두 죽고, 뻔뻔스런 쾌락녀들만 득실대려 하는구나!

남자에 있어 여자란 특별한 존재가 아닌 걸로 변질되도다.

그대는 어서 일어나라! 저런 여자와의 쾌락은 언제나 공허함만이 있을 뿐이다. 저 여인의 간사한 유혹에 빠져선 절대 안 된다." 고뇌가 그렇게 말했다.

그러자 남자가 말했다.

"나라고 별것이더냐? 너도 그만하라! 나는 저 여인의 모든 것에 감동하였다. 그리고 나에게 문을 열어준 저 여인의 슬픔과 고통까지도 나는 사랑하지 않을 수가 없다.

나는 행복을 바라지 않고 감동을 더 바란다. 감동이야말로 기쁨 속에 슬픔이기 때문이다. 파괴 속에 창조가 있고 창조 속에 파괴가 존재하듯, 새로운 충격의 자극은 더욱 강한 감동을 준다.

그리고 그 감동은 내 인간성의 가장 깊은 곳을 흔들어 놓기 때문이다.

또한 세상의 만물들은 모두 각기 고유한 것이요, 고귀한 것이다. 그러므로 세상을 존재케 하고 엮어 가는데 있어서, 만물들이 각기 질이 다를지라도 가차와 격은 같은 것. 남과 여도 이와 같은 위치에 있을 것이다.

남자들이 어찌 저들의 사랑과 자유와 능력의 권리들을 억압하고 **빼앗을** 수 있단 말인가? 혼란의 시기에서 일부 여인들의 잘못을 가지고 성스러운 전체의 여성을 욕되게도 하지 말라."

남자는 자신의 고뇌에게 그렇게 나무랐다.

5

사랑의 덕

5

사랑의 덕

그러자 여인이 말했다.

"아! 이제 그만 해요. 나는 이제 나의 동굴로 빨리 돌아가야 해요.

나의 의지는 이미 당신이 빼앗아 갔어요. 이보세요! 부끄럽게 망설이는 고추씨! 나를 어서 저 동굴로 데려다줘요. 그리고 내가 죽은 뒤 나의 상여를 도덕이란 귀찮은 것들에게 메고 가게 하지 말아요. 시류에 편승하여 잘못된 내 삶이라 할지라도 반항할 수 있는 몸짓의 한계는 이것뿐이니, 이 또한 하나의 순수가 아니고 무엇이겠소! 자! 어서 날 살려줘요!"

하면서 거친 숨소리를 내었다. 여인은 참을 수 없도록 흥분되어 있었다.

남자 또한 목마른 말처럼 갈증이 온 몸으로 퍼져 왔다.

남자는 숨차게 그녀의 두 젖 봉우리에서 샘물을 퍼 마셨다.

그때 남자에게 "여인을 구하시오!" 하고 누가 말했다.

돌아보니, 여인의 유혹이 다시 나타나서 말하는 것이었다.

"당신과 그 여인은 이미 쾌락의 마약에 중독되어 버렸어요. 두 사람은 여인의 동굴 속에 감추어 둔 해독의 꿀물을 마시지 않으면 곧 죽게 될 것이오. 멋진 아저씨! 제가 용감하고 날쌘 말을 빌려 드릴 테니, 그 말을 타고 빨리 떠나세요." 하고 재촉했다.

남자도 지체할 수가 없었다. 여자를 죽게 할 수 없었고, 자기 자신 또한 강물에 몸을 담고 물을 마시지 않으면 금방 죽을 것 같았다.

남자는 급히 여인과 함께 말을 타고 강 쪽으로 내 달았다.

미풍이 말갈기 위에서 춤을 추고 말발굽 소리는 맥박으로 장단을 맞추며 전진하였다.

그때 어디선가 군가 소리가 들려 왔다.

남성의 목소리였다.

"죽기 위해 떠나는 용사는 후회하지 않는 법.

정복자의 땅위에 피의 꽃이 피어날 때,

용사는 진군한다. 임의 주검을 위해

승리의 월계관을 적장의 머리 위에 꽂아 주고

그 목을 잘라다가 영광 바치리.

사랑하는 임의 무덤 위에 영광 바치리."

그리고 다시 여성의 합창 소리가 들려 왔다.

"우리의 전쟁은 날카로운 무기로는

사랑으로 익은 마음의 열매로도 부족하고

날쌘 말로 스핑크스를 뛰어넘는
용맹의 힘만으로도 부족한 것
사랑의 전쟁에 이기려면
말을 타고 줄 위를 오싹하게 달릴 수 있는
곡마단의 기술이 필요해요."

그때, 시인의 목소리가 또 들렸다.
그는 느려 터진 소리로 읊조렸다.

"아! 조급함의 벌레가 시간을 갉아먹는구나.
날으는 새가 엎드려 땅속을 기어가고
비늘 가진 짐승이 날개를 달고 날으도다.
이 또한 신의 축복이련가?!
가자! 언제나 열려 있는 넓은 대지의 문을 향하여!
그리하여 대지의 심장에서 똑딱대며 흐르는
시간을 멈추고, 썩은 고기의 가슴속에서 꿈틀거리는
벌레들에게도 환락의 축제가 열리도록
그들의 환락은 이제
벌레의 몸에 붙은 껍질을 벗어 던지고

신이 되고자 함이다.

아! 조급함처럼 느려 터진 게으름뱅이가 또 있던
가?!"

하고 들려 왔다.

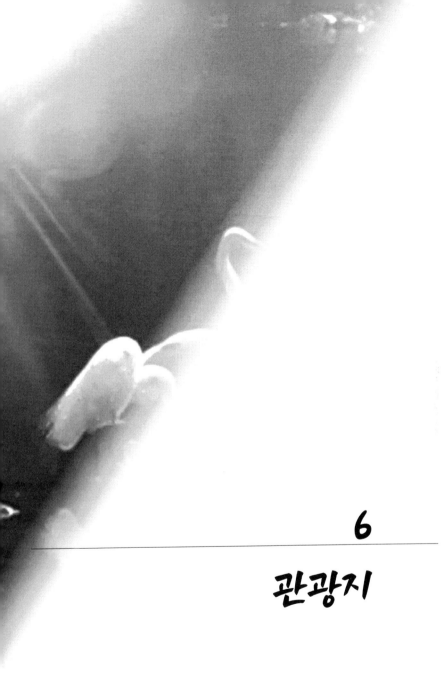

6

관광지

6

관광지

여인을 태운 말은 쉬지 않고 세차게 달렸다.

두 개의 산봉우리를 넘고 구릉지의 분화구를 지나서 아래로 내 달리자, 강변에 있는 작은 언덕의 갈대숲에 다다랐다.

남자가 잠깐 말을 멈추자, 여인은 추운 듯 몸을 움츠렸다.

남자는 두리번거리며 강으로 향하는 길을 찾았으나 어지럽게 솟아난 갈대 숲 속에서 길을 찾을 수가 없었다.

그러자 남자의 고뇌가 말하였다.

"이곳은 이름난 관광지이지요. 강 위엔 언제나 유람선이 떠다니고, 강변의 아름답던 갈대밭은 할일 없는 놈 팽이들의 놀이터가 되었지요. 그래서 이렇게 모두 망가지고 말았습니다.

이 모두가 자기의 집을 잃고 떠도는 여인들의 방종 때문입니다.

그들은 자신의 이기와 쾌락을 위해 어리석은 선구자가 됩니다. 그리고서 신성한 여인들 앞에서 선동을 합니다.

그리고 극저질의 방종을 행하면서 극 고질의 자유를 아는냥 의시 댑니다. 또한 탕녀들은 인간의 신성한 종을 번식시키고 진실한 사랑만을 위하여 신으로부터 부여 받은 성기를, 매춘이나 쾌락을 위해서 사용하면서, 수많은 외로운 남자들을 위해서 훌륭한 천당행의 일을 한다하며 스스로를 괴변으로 쇠뇌 시키지요.

오! 나의 주인이시여! 그들과 똑 같이 되지 마시기를—"

하고 말하자, 여인의 고뇌가 화를 내며 말한다.

"감히 그런 말로 나의 주인을 똑같이 취급하다니 슬픈 일이로다. 어찌 둘을 모르는 그대가 우리 주인님의 지조를 알겠는가?" 하면서 두 고뇌가 싸우고 있었다.

그러나 남자와 여인은 아랑곳 하지 않았다.
날씨가 여름날처럼 더운지 모두가 땀을 흘리고 있었다.
숨이 찬 여인이 남자를 이끌면서 말했다.

"이제부터는 제가 당신을 안내할 테니 저를 따라오세요!"

여인은 부끄러움도 모두 벗어 버렸다.
그리고 두 손을 높이 쳐들고 손뼉을 몇 번 쳤다.
그러자 갈대숲 속에서 숨어 있던 여인의 성녀 하인이 튀어나와 고개를 숙이면서 절을 하였다.

"주인마님, 어서 오세요!

여왕님께서 오랜 시간 동안 동굴 속 궁전에서 마님과 손님을 기다리고 계십니다." 하고 마중하였다.

그때 남자의 고뇌가 남자의 곁으로 다가서며 말했다.

"그곳은 위험하다! 수많은 사람들에 의해 더럽혀진 죽은 강이다. 이곳은 사막의 열병보다도 더 무서운 전염병이 늪과 강에 퍼져 있으니, 마귀들이 우글댄다.

돌아가라! 그렇지 않으면 나는 그대의 길을 막으련다!"

고뇌가 그렇게 말하고 남자의 앞을 가로막았다.

그때 철모를 쓴 건장한 남자의 성체 용사가 큰 방망이를 들고 나타나서 태진의 앞으로 다가섰다.

"나도 당신이 저 강을 타고 동굴에 가는 것을 말리고 싶소.

나는 언제나 당신의 충실한 용사요 종이었으나,

오늘의 여행은 위험하기 짝이 없소. 오염되고 범람한 강을 타다 내가 죽는 것은 두렵지 않으나, 당신이 다치는 것은 원치 않기 때문이오."

그러자 여인의 하인이 그들에게 눈을 흘겨 뜨고서 말했다.

"당신들은 모르는 것이 너무 많군요. 이곳은 인간의 의지를 뛰어넘는 신성한 신들의 땅이지요. 이곳에선 언제나 신들의 축제가 열리는, 땅위의 단 한 곳뿐인 신성한 성전입니다. 당신들이 오늘 이곳에 올 수 있었다는 것만도 큰 행운인 것이오.
그러니, 당신들은 오늘 신의 궁전을 찾아볼 수 있는 절호의 기회를 얻은 것이오." 하였다.

그러자, 남자의 용사가 커다란 몽둥이를 높이 쳐들었다가 땅 위에 세차게 내려놓으며 화를 내었다.

"무례하구나! 신을 빙자하여 인간의 땅을 팔아먹

다니. 어찌하여 그대들은 그대의 땅에 인간의 고귀한 성을 튼튼하게 축조하여 지키질 못하고, 신의 땅을 자신의 땅으로 포기하고 내주었단 말이냐? 참으로 어리석게도 그대의 여왕은 주색에 찌들어, 향락의 휘황한 옷들을 두르고서 마녀의 왕관을 썼구나.

그리고 관광객들에게 아부하고 놈팡이의 노리개가 되었구나.

남녀의 성기는 신의 뜻으로부터 받았기에 하늘의 법으로 사용되는 천법이요 천명인 것을, 어찌 인간의 이기와 쾌락과 매춘을 위하여 쓸 수가 있단 말인가? 천법을 어기면 천벌을 받는 것을 왜 모르는가? 오염된 인간시대유행에 의식화 되어서 근원 진리를 모르고 근원법을 외면하면 천벌을 면하기 어려울 것이다.

내 정녕, 오늘 그냥 돌아가려 하였으나, 내 주인의 진실한 사랑을 위하고 그대들을 벌하기 위하여, 그대 여왕의 궁전을 쳐부수어 없애야 겠다."

용사는 그렇게 화를 내고 나서 남자에게 다시 말

한다.

"저들의 배는 더럽고 낡아서 이 험하고 범람한 강을 탈 수가 없습니다. 하늘에 먹구름이 가득한 것으로 보아 곧 폭풍우가 일 것 같으니, 제가 튼튼한 배를 준비하겠소." 하였다.

그러자 곁에 있던 남자의 고뇌가 말했다.

"슬픈 일이로다! 여인의 순결한 성지의 땅이 이토록 잡초로 뒤덮이고 짓밟혀서 황폐한 땅으로 변하다니, 이것은 저 여인의 어리석은 긍지의 스핑크스와 관광객을 인도하여 구전을 뜯어먹는 저 하인의 덕 때문이다. 아! 여인이 지조가 있어 스스로 왕이 되고 땅의 주인이 되었던들, 아름다운 이 땅이 이토록 침략으로 황폐되어 구걸하는 백성을 두지는 않았으리ー.

아! 아깝구나! 위대한 스핑크스가 그렇게 얼굴을 하늘로 향해 읊조리고, 입에는 뱀의 혀를 날름거리

며, 고운 발은 짐승의 앞발이 되어서, 관람객의 구
경거리로 전락을 하였으니….."

그렇게 비난을 하였다.
그러자 이번엔 여인의 고뇌가 나서며 말했다.

"당신의 말은 맞다. 그러나 또한 틀렸다. 내가 당
신일 수 없고 당신이 나일 수 없듯이, 삶을 영유하
기 위해서는 정도의 방편이 달리 사용되는 것. 그대
들이 우리와 같이 느끼는 중요함의 가치에서 틀린
것이다. 상황의 방편에 따라 변하기도 하는 것이 가
치의 기준인 것. 어찌하여 그대들은, 남자와 여자는
다르다고 말하면서, 우리들이 당신들의 생각과 똑같
아야 한다고 주장하는가? 그것이 그대 남자들의 편
리에 의한 이기요, 정복하려는 폭군의 노예근성 때
문이다. 다시는 그대들의 도덕에 우리 여인들의 도
덕을 맞추려는 과오를 범하지 말라."

여인의 고뇌가 그렇게 말하자 남자의 고뇌가 또

말한다.

"남자와 여자의 도덕적 차이점은, 신이 정한 도덕
이다. 그대는 남자에 의해 여자가 피폭된다고 생각
하고 있으나, 그것은 잘못된 인식이다. 그대들 대상
의 폭 자는 남자가 아니고 그대들을 만든 신인 것이
다. 신으로부터 선택됨을 받은 그대들은 불만이 있
으면 신에게 항의하지 않고, 그 책임을 남자들에게
돌리고, 오히려 신에게 아부하며 자신들의 땅을 팔
아 스스로를 더욱 수치스럽게 하고 있는가?. 남녀 간
의 장점의 능력이 다를 뿐, 주어진 가치는 똑같은 것
을 어찌 자신들의 능력을 살리지 못하는가? 이것이
간사한 여인들이 잘못을 저지르고서 자신들의 삶과
도덕에서 도망치고자 하는 어리석고 비겁한 짓이다.
　그대는 알고 있는가? 남성들 또한 여성에 비하여
신으로부터 많은 부당함을 받고 태어났다는 것을
─. 음양의 이치에서 남과 여의 장단점은 고루 배분
되어 있을 것이다. 그러하니 그대는 그대의 장점들
을 살리는 데에 더 힘을 쓰라!" 하고 말했다.

그러자 이번엔 남자가 앞으로 나섰다.

"제발 고뇌여 그만하라! 여인 앞에서 그런 무례한 말을 하는 것은 나의 체면과 긍지에 손상을 주는 것이다. 아름다움을 간직한 여인들의 화려한 모습과 깊은 사랑을 간직한 자상한 어머니의 모습들은 남자들에게는 없는 고귀한 것. 그것은 여인들만의 축복이요 신의 혜택인 것이다. 참으로 아름다운 것은 아름다운 것만으로도 너무 황홀하여 그곳에서는 숨을 쉬지 않아도 살 것 같은 천국이 아니던가?

오! 여인이여! 어서 나를 그대의 아름다운 궁전으로 인도해 주시오." 하고서 태진은 여인을 향해 재촉을 하였다.

그러자 여인이 눈물을 보이면서 감격해 했다.

"당신의 말은 너무도 달콤하고 아량이 넓어, 나의 마음은 도저히 주체할 수가 없군요. 이제 당신은 나의 황홀한 궁전에서 여왕으로부터 최대의 손님 대접을 받을 거예요." 하였다.

그리고는 하인에게 길을 인도하라고 급히 손짓을
하였다.
그러자 하인이 자기 주인을 향하여 말한다.

"세상을 통달하지 못해도
그대 색깔과 그대 자유로
그대를 세울 수만 있다면
당신의 식대로 살아요.
누가 그대를 손가락질해도
그대 가슴이 뜨겁고
그대 정신이 참이라면
당신의 식대로 살아요.
혼자라도 외롭지 않고
영원히 미쳐버릴지라도
그것이 진정 행복이라면
당신의 식대로 살아요."

그러자 고뇌가 남자에게 다가와 귀엣말을 하였다.

"나의 주인이여! 이제 보니 당신도 말릴 수 없는 난봉꾼이군요.

진실로 순결하고 아름다운 성지를 가진 여인을 두고 저런 탕녀와 바람을 피우다니. 이것 또한 당신이 당신의 삶에서 도망을 치고 현실을 부정하려고 아무렇게나 행동하는 비겁한 짓이오.

진정한 공허가 무엇인지도 모르는 풋내기 주인을 따라 다녀야 하는, 지겨운 내 자신이 부끄럽소." 하였다.

그때 남자의 용사가 우뚝 서서, 강 위에 커다랗게 부풀려져 탄력이 좋은 큰 고무보트를 하나 띄워 놓고, 무서운 눈초리로 이쪽을 바라보고 있었다.

그것을 본 여인이 깜짝 놀라며 감탄을 하였다.

"당신의 용사는 정말 훌륭한 배를 가졌군요. 저는 아직까지 저렇게 크고 멋진 배는 본 적이 없어요.

강을 거슬러 올라가자면 험한 바위들이 많고 강물이 세차기 때문에, 웬만치 약한 배는 도중에서 부서지고 마는데, 저런 훌륭한 배라면 거뜬히 궁전까지 갈 수 있겠어요. 자 어서 가요! 나는 빨리 저 배를 타보고 싶어요. 이제 곧 비가 쏟아질 거예요. 자! 어서 타요!"

여인은 숨 가쁘게 재촉을 하였다. 그리고 위험한 곳의 항해에 두려움과 기쁨이 함께 있는 듯, 태진을 꼭 끌어안았다.

남자도 아름다운 그녀의 알몸을 힘껏 끌어안았다.

그리고 여인에게 말했다.

"오! 내 사랑이여! 나는 이미 당신의 사랑에 빠져 버렸소.

맹서하노니 당신도 함께 맹세를 해주오.

나는 이제 당신을 위하여 꿈을 그리겠소.

산속에 안긴 품속 같은 숲속의 언덕에

통나무집을 하나 짓고 당신이랑 살려오.

침실은 작아도 정겹고 아늑하게 꾸미고
높고 넓은 거실에는 창을 크게 달겠소.
멀리 앞산들이 겹겹이 파도치듯 보이고
잔디마당엔 당신이 가꾼 꽃들을 보겠소.
창밖에는 햇빛이 숲을 뚫고 들어와 놀고
미풍과 산새들도 날마다 친구로 찾아오면
우리의 사랑은 천국의 시를 끝없이 짓고
백발이 되어도 날마다 사랑파티 열리리오."

그러자 여인이 말했다.

"황홀한 당신 말씀에는 영혼도 울어요.
그러나 죽는 날까지 함께 하더라도
맹세만은 이제 하지 않으렵니다.
사랑의 맹세 바위에 새길지라도
끝내는 그것도 부서지고 말 것을
부서진 그때에 헤어지는 그 아픔은
맹세보다 아프게 가슴에 새겨질 것을
제발 맹세만은 쉽게 하지 말아요.

처음엔 수차례 나도 그랬었듯이
이젠 그 아픔 더 맛보고 싶지 않아요."

그리고 여인은 눈물을 흘리면서 남자를 끌어안았다.
그러자 남자도 가슴 아프게 그녀를 안았다.

"아! 너무 아름다운 것에서는 광체가 나는구나. 정
신이 혼미해지고 숨도 쉴 수가 없구나." 남자는 그
렇게 깊이 빠져들었다.

7

항해

7

항해

그때 어느듯 하늘은 어두워지고 바람이 세차게 일
었다.

그리고 하늘로부터 빗방울이 쏟아지기 시작했다.

그러자 여인의 성녀하인이 크게 말했다.

"이곳은 아주 더운 지방이라서 날씨가 변덕이 심
하고 우기가 대부분입니다. 그래서 세찬 폭풍우가
자주 일어나요.

자! 어서 배에 오르세요!"

그리고 빠른 몸동작으로 용사의 배 위로 모두를

급히 인도하였다. 그녀는 배 위에 오르며 몸을 부르르 떨었다. 폭풍우가 몰아치자 여인과 남자는 온몸이 비에 흠뻑 젖었다. 그래도 두 사람은 서로의 알몸을 만지며 황홀하기만 했다.

배가 강에 드리우고 뱃머리를 출발시키자, 하늘에서는 천둥이 축포처럼 세차게 울리며 땅을 흔들었다. 그리고 번갯불은 조명탄처럼 땅 위를 환하게 비추었다.

그러자 여인은 남자의 품에 몸을 맡긴 채 온몸이 축 늘어졌다.

그리고 긴 하품을 몇 차례 하였다. 그녀는 너무 행복했다.

남자의 뜨거운 체온이 그녀의 온몸으로 퍼져 나갔다.

"드디어 우리는 한 배를 탔군요. 당신의 배는 이런 폭풍우 속에서도 참으로 편하기만 하고, 제 몸 가득히 느껴지는 당신의 체온은 참으로 따뜻해요." 하면서 남자의 온몸을 어루만졌다.

그러나, 그것도 잠시 뿐, 배는 세차게 요동을 쳤다.

뱃머리는 강변의 기괴한 절벽들과 암초들에게 정신없이 부딪쳤다. 그러자 용사는 힘을 다하여 배를 침몰시키지 않으려고 힘차게 키를 돌리고 있었다. 폭풍우의 풍랑은 거칠었다.

배가 심하게 요동을 하며 뒤집힐 것만 같이 뒤흔들어 댔다.

여인이 비명을 질렀다. 여인의 하인은 배에서 떨어지지 않으려고 용사의 허리를 꽉 붙들어 잡고 살려 달라고 애원하듯 떨었다. 그리고 그녀는 깊은 신음소리를 내었다.

그 순간 남자에게 안긴 여인은 모든 것을 남자에게 맡겼다.

그때, 남자에게 시인의 목소리가 들려 왔다.

"환락을 쾌감 하는 벌레여!
천당과 지옥이 늪에서 무르익었다.
매끄러운 빛의 알몸을 어루만지면서
지옥의 고통을 쾌감 하는 벌레여!

그대는 불의 소용돌이 속에서 불타는 벌레

그대의 독수리는 하늘 높이 정지하고

그대를 경멸로서 낚아채려 하지만.

불에 타 눈이 먼 자신의 애처로운 벌레를

새는 비통한 모습으로 지키고만 있다.

환락을 쾌감 하는 벌레여! 더욱 기어라!

천당과 지옥이 늪에서 무르익었다."

시인의 목소리는 그렇게 비웃었다.

그러나 남자는 그 소리도 흘려보냈다.

그의 정신은 몽롱한 상태였으며, 그의 육신 또한 전율하고 있었기 때문이었다.

남자는 소름끼치게 황홀이 이는 여인의 하얀 목덜미를 지나서, 흥분의 소용돌이 아귀에 머리채를 잡히고 있었다.

그리고 탐스런 젖무덤으로 빨려들어 얼굴을 묻고서 주체할 수 없는 환희의 눈물을 빨아 대고 있었다.

여인의 꿈틀거리는 땅은 부끄럽게 춤추는 여신의 알몸이었다.

남자는 그녀의 눈부신 백옥의 두 달덩이 위를 오
싹한 몸짓으로 넘고 있었다. 그러자, 여인의 피부
위에서는 슬픔의 물결이 파르르 일며 떨었다.

남자는 으스스하도록 황홀한 그녀의 두 허벅지 사
이 숲에다 불을 질렀다. 그리고 깊은 강물 속에다
불붙은 화약과 기름을 거칠게 계속 퍼부었다.

벌어진 다리 사이의 하늘은 구겨지고
별들이 불꽃 속에 쏟아져 내렸다.
용광로 같은 두 입술은 수치를 벗어 던지고,
갈증의 비명들로 하늘을 가득 채웠다.
여인은 하늘에서 쏟아져 내리는 불기둥을
온몸으로 물어뜯으며 빨아 댄다.
부끄러운 수치는 땅 위에 없고

오싹한 황홀은 하늘의 축포 속에서 수없이 태어나
천둥과 번개의 날카로운 칼날에 장렬하게 죽어 간다.

남자와 여인은 그렇게 육신이 파괴되는 기쁨을 안
고서 거친 항해를 하고 있었다.

용사의 배는 금방 침몰할 것만 같았다.

그때 여인이 멀미를 하고서 혼수상태에 빠져 버렸다.

여인이 눈을 감은 채 혼돈의 상태로 중얼거렸다.

그는 꿈을 꾸듯 허우적이고 있었다.

"여보! 용서해요! 나는 당신을 사랑했기에 당신을 죽이고 싶도록 미워했어요. 당신은 나를 인간으로 상대했지, 여자로 상대해 주질 않았어요.

여자는 때때로 죽고 싶을 때가 많지요. 이런 불같은 남자에게서 타서 죽기를 수없이 바라지요. 그런데 당신은 북극의 빙산처럼 나의 대지를 짓누르고, 강한 북풍으로만 얼게만 하였지요.

미안해요! 당신이 바라는 꼭 그런 여자가 되지를 못해서 —.

그러나 당신의 불손과 무관심이 나의 증오를 태어나게 했어요.

그리고 당신의 조소들은 나를 폭발하게 했어요.

나의 용암은 당신의 빙산 밑을 지나서, 뜨거운 열대 밀림으로 도망쳐 나와 폭발했어요.

당신을 사랑했던 증오로 폭발했지요.

나의 화산에 당신이 죽은 것은 통쾌했으나, 아이들이 함께 죽은 것은 애석했어요. 그러나 그 책임은 당신 것이지, 내 것이 아니에요. 나는 천사가 못되고 현실적응에도 힘들어하거든요.

용서하세요! 이제 곧 당신의 무덤 앞에 꽃을 심어 드릴게요."

여인은 그렇게 혼자 흐느끼면서 중얼거렸다.

그녀는 옛 남편을 생각하며 혼돈에 빠져 있었던 것이다.

그때, 그녀의 고뇌가 혼수상태로 중얼거리는 그녀를 바라보며 말했다.

"인륜과 천륜을 저버리고 나섰으니, 이제 나까지 고통하게 하는구나! 부부는 인륜이요, 자식은 천륜이라. 인륜을 저버리면 인간에 대한 죄로서 인벌을 받게 되고, 천륜을 저버리면 하늘에 대한 죄로 천벌을 받게 되는 것을. 어찌 자신만의 자유와 탐욕과 이기를 위해 참는 덕과 절제의 덕을 팽개치고, 이런 탕녀들의 세상에서 몸을 즐긴단 말인가? 아! 나의 고통이 그녀의 고통이련가? 그녀의 고통이 나의 고통이련가?" 하고서 한탄을 하였다.

그러자 남자의 고뇌가 비웃으며 나섰다.

"당신은 당신의 주인을 바른 이성으로 이끌지 못했다.

그리고, 니무 감성과 본성 쪽으로 기울어서 이끌었다.

그러니 그 죄들은 크게 파장되어 주위에까지 퍼지리라.

사람이란 보다 더 고귀하기를 삶의 의지 앞에 선봉 시켜야 하거늘, 어찌 직업에 귀천이 없다 하며 저열한 곳에서 빵을 구하며 구걸케 하는가?

천하고 간사한 자들은 자신의 저열함을 변명하기 위하여 '직업엔 귀천이 없다.'고 말하며, 고귀한 언어 더럽히기를 서슴치 않는다. 순수한 자연섭리도덕

속에서 인간의 참 도덕이 재련되려면, 인간세상의
자연법으로 된 용광로에서 불순물들이 제거되어야
하는 것. 그러려면 인간을 파괴하고 저열화 시키는
직업이나 정신은 분명 목숨을 부지하는 것이라 할지
라도 천한 것이요, 죄의 대가를 결국 받게 될 것이
다.”

　남자의 고뇌는, 그녀의 고뇌에게 그렇게 충고를
하였다.
　그러자, 그녀의 고뇌가 화를 내었다.

　“이 모든 것은, 그대 남자들 폭군의 위정 때문에
존재하게 된 산물인 것. 그 책임이 모두 그대들에게
있는 것이다.” 하였다.

　그러자 남자의 고뇌가 다시 말했다.
　“현명한 사람은 난관에 부딪치면 자신을 증오한
다. 그러나 그렇지 못한 자는 반대로 남을 증오한
다. 그러니 그대의 말은 콤플렉스 근성에서 못 벗어

난 자폐증환자와 같은 변명들이다.

　그대는 어찌 책임을 남에게 돌리는가? 수치한 것 중에 가장 수치스러운 것은 자기 자신을 변명하며 자신을 더욱 수치스럽게 하는 것이다."

　남자의 고뇌는 그녀에게 그렇게 내뱉듯 말했다.
　그리고서 그는 얼굴을 돌렸다.

8
폭풍우

8

폭풍우

그때, 여인의 하인이 소리쳤다.

"큰일 났다! 우리 마님께서 열병에 걸리셨다. 빨리 서둘러 동굴로 가지 않으면 숨이 끊어질 것이다." 하고 용사에게 말하였다.

남자는 주위를 둘러보았다.

열 폭풍의 험한 뱃길에서 용사는 땀을 흘리며 온 힘을 쏟고 있었다. 강 상류에 보이는 그녀의 동굴 궁전은 좀 더 가야 했다.

그 순간, 용사가 소리쳤다.

"모두들 배를 꼭 붙들고 선실에서 나오지 마시오! 조금 있으면 유령의 계곡을 지나게 될 것이요!" 하였다.

상류의 뱃길은 험했다. 뱃전에 부딪히는 암초들이 천둥소리와 함께 쾅쾅 소리를 내었다. 세찬 물결은 폭풍우에 흙탕물로 변하고 어디서 죽은 자들인지, 오래된 시체들이 여기저기 물속에 섞여 떠내려 왔다. 이곳을 탐험하다 죽은 시체들이었다.

어디서 여인들의 웃음소리와 귀신들의 울음소리도 들렸다.

그때 남자의 용사가 혼잣말처럼 지껄였다.

"유령이 가장 들끓는 곳은, 곱지 못한 발가락을 가진 사람이 머무는 곳과, 음흉한 숨바꼭질을 좋아하는 자의 뒤통수의 머리칼 속이다. 그런 곳은 언제나 썩은 냄새를 풍긴다. 그리고 어둡고 격한 강물이 흐르는 이런 관광객이 오염시킨 동굴이다." 하였다.

그러나 남자는 그를 탓하지 않았다. 용사의 말이 그에게 불만과 거부가 아니라, 오히려 스릴 있는 만족으로 받아들여지고 있었기 때문이었다. 자신이 여인을 사랑하는 이 순간의 열정은 무엇으로도 측정할 수가 없었다. 유령이든 마귀이든 비웃어라, 보이지 않고 죽은 것들이 어찌 산 자의 고통 속 기쁨을 알겠느냐?

남자는 그렇게 속으로 뇌까리며, 강열하고 심하게 흔들리는 선실에서 여인을 구하기 위해 그를 끌어안고 있었다.

그리고 배가 기우는 대로 이쪽저쪽으로 수없이 뒹굴었다.

그리고 여인이 점점 죽어 간다고 생각했을 때쯤엔, 그 또한 열병에 옮아서 헉헉대며 죽어 가고 있었다.

남자는 기뻤다. 여인이 죽어 감으로써 기뻤고, 자신이 함께 죽어 감으로써 즐거웠다. 이대로 이 여인과 함께 죽는다면 더 바랄 것이 없는 것이었다. 사랑의 발악이 그의 몸속에서 일고 있는 것이었다. 남자는 스스로 숨을 멈추려 하고 있었다.

용사는 있는 힘을 다해 배를 조종하였다. 비상용 삿대를 여기저기 강바닥에 꽂으며 앞으로 밀쳐 나아갔다.

여인의 하인도 그를 도와서 배를 앞으로 전진시키는 데 사력을 다했다.

그때, 갑자기 벼락이 내려쳤다. 그러자 동굴 속에서 뜨거운 화산이 폭발하였다. 천지가 뒤흔들리고 온 하늘에는 용암이 솟구쳐서 불천지로 변하여 버렸다. 그러자, 배는 공중으로 붕 떠서 이내 하늘 위를 날았다. 그리고 거대한 폭포 아래로 곤두박질쳐지면서 배는 산산이 부셔져 버렸다. 용사와 하인이 기겁을 하며 정신을 잃었다. 여인과 남자도 비명을 지르고 폭포 아래로 떨어지고 있었다. 이젠 모두가 부셔져 버렸다는 것을 남자는 알았다.

화산 아래의 모든 것들이 순식간에 파괴되고 깊은 강 속으로 침몰을 하였다.

그때 사랑의 노래 소리가 들려왔다.

"오! 임이여!
사랑이 사랑으로 사랑에서 영원까지—
뜨거운 갈망의 인연으로 만나
영혼까지 태워버린 임이여!
그러나 내일이 어제처럼 오면
마주보며 헤어져야할 임이여!
세상의 할 일에 인과의 사슬 끊고
터지려는 심장을 조율하며
온몸으로 이별을 노래해야하리
주어진 모든 세상도덕 껴안으며
금생인연 내세에서도 있기 바라며
오! 임이여!
사랑이 사랑으로 사랑에서 무궁까지—"

그리고 모두는 기진해서 쓰러졌다.

9

공허

9

공허

그리고 얼마간 시간이 지났다.

"일어나라! 그대의 현실과 공허가 여기에 있으니, 이제 그대는 공허하므로 현실이 아름답다는 것을 알게 될 것이다."

그 말에 남자는 정신을 차리고 눈을 떴다.
그의 곁에는 자신의 고뇌가 앉아 있었다.
남자는 여왕이 산다는 동굴 앞에서 벌레의 모습으로 웅크리고 쓰러져 있었던 것이다.
술에 취해서 기력을 쏟았기에, 그의 정신은 몽롱

해 있었다.

"내가 사랑했던 그 여인은 어디 갔느냐?"

남자는 일어나며 고뇌에게 물었다.

"그녀는 죽지 않았소! 그대와 함께 그도 죽으려 했으나, 여왕이 내린 사랑의 꿀물을 마셨으니 살아 있을 것이오."

고뇌가 그렇게 말하자, 남자는 주위를 둘러보았다.
참으로 휘황찬란한 궁전이었다. 언제 이곳에 인도되었던가?
인간의 보물이란 모두 갖다가 장식해 놓은 것 같았다.
그때 고뇌가 한 마디 했다.

"보물이란 역시 여인들에게 어울리는 것들이다.
그러나 보물 중에 가장 고귀한 보물은 높은 정신세

계 속의 보물인 것을-, 열기도 어려운 높은 정신세계의 진리의 창고를 저들이 어찌 열 수 있을 것인가?

부디 정신세계의 고귀한 보물까지도 저들이 모두 얻을 수 있기를 기다릴 수밖에 ―"

그때, 왕관을 쓴 여왕이 궁전속에서나와 남자에게로 다가섰다.

남자는 취한 듯 희미한 정신 상태로 눈을 뜨고서 그를 바라보았다.

그 순간 남자는 깜짝 놀랐다.

그 여인은 그렇게 그리며 찾았던 자신의 아내였던 것이다.

여왕이 남자에게 말했다.

"어서 와요! 저는 이곳에서 당신을 기다리고 있었어요. 당신은 참으로 뜨거운 육체와 높고 예리한 정신을 가졌군요. 그러나 저의 삶을 이끌어 온 저의 본성과 감성에 대하여 너무 욕하지 말아요. 나는 나이니까요. 그리고 왜 이곳에서 이렇게 사느냐고 묻지도 말아요. 나 또한, 나에게 그렇게 묻고 있으니까요."

남자는 당황했다. 어찌 저 여왕이 자기 아내일 수가 있단 말인가? 그러자, 고뇌가 남자를 흔들었다.

"환상은 일종의 정신 질환이다. 제발 정신을 차리라! 저 여인은 그대의 아내가 아니다" 하였다.

그러나 어찌된 일인가? 남자는 유령에게 홀린 듯했다.

환상이든 꿈이든, 그는 그녀가 나타나자, 자신을 배신하고 떠나간 증오심이 순간 일어났다.

"물러서라! 꼴 보기도 싫다! 선량한 남편과 꿈꾸듯 피어나는 어린싹들을 버리고 떠난 자가 어찌 인간이더냐? 자식을 낳았으면 최소한 자립의 나이까지는 키워주어야 자연의 천법이거늘―

오! 남의 둥지에 알을 낳고 떠나듯이 책임과 의무를 저버리고, 자신의 자유를 위해 뻐꾸기가 되어서 날아다니는 새여! 당신이 어찌 그 모습으로, 내 앞에서 자신을 자랑하며 나설 수가 있단 말인가? 아! 어서 내 앞에서 썩 비켜 사라져라! 내 차라리 여자를 다시 상종한다면 창녀가 더 나으리니 -.

어서 비키라! 차라리 조금 전에 내가 사랑했던 그 여인을 내놓아라! 애달파서 사랑스럽고, 후회스런 고통으로 고귀한 그런 여자를 나는 더 원하나니, 아! 어제 밤 꿈속에서, 자기 새끼를 그리워하며 피를 토하듯이 뻐꾸기가 울더니, 네가 내 영혼 속에서 그렇게 울었나보다."

남자는 순간적으로 분노에 찬 고통을 이기지 못하고 울었다.

"이보세요! 내 긍지의 자존심이 당신을 고통하게 하고 나의 가치까지 더욱 죽였나요? 저를 똑바로 보세요! 제가 바로 당신이 조금 전에 사랑했던 바로

그 여인 이여요" 하고서 그녀는 왕관을 얼른 벗어
내리고 남자에게로 다가섰다.

　그때 그녀 또한 남자를 바라보며 놀라고 있었다.
그리고 순간 여인은 얼른 표정을 다시 바꾸었다.
　남자는 그녀를 다시 자세히 보니 함께 배를 탔었
던 그 여인이었다.
　남자는 그만 숨을 더 쉴 수가 없어졌다. 자기 아내
의 얼굴이 순식간에 다시 여인으로 변하였기에 남자
는 너무 혼란스러웠다.
　그때 고뇌가 말했다.

　"당신의 잠재의식이, 여자인 아내도 저 여자와 같
을 것이라고 생각했기 때문에 그럴 것이다. 그대의
위험한 그런 생각들이 그대를 병들게 하고, 그대를
계속 더 방황하게 만든다.
　나의 가련한 주인이여! 허물을 벗고 다시 깨어나
라! 그리하면 당신의 병과 방황은 끝이 날 것이다.
　이 시대의 인간사랑 또한 인간이기의 도덕굴레에

서 벗어나지 못했으니, 이시대의 인간도덕도 미개함을 아직 벗어나지 못했다는 것이리라."

"그렇다면 내가 간직했던 가족에 대한 도덕도 미개한 것이었단 말인가?"

"그 또한 인간의 수억 년의 진화 중에 백년 또는 천년 토막의 시대의 유행도덕에 불과합니다. 수천년 후에는 또 다른 도덕기준으로 살아갈 것입니다. 당신이 지금 고통해하며 울고 있는 것을 어리석다 비웃으면서….."

고뇌의 말씨가 다시 부드러워 졌다.

남자는 그 말에 그만 자리에 풀썩 주저앉고 말았다.

그러자, 여인이 남자 앞으로 다가와서 조용히 무릎을 꿇었다.

그리고 그녀는 고개 숙이고서 말했다.

"저 같은 것을 그렇게 사랑해 주셨으니 정말 감사합니다.

당신이 보여준 모든 것들은 저에게 큰 충격이었습

니다.

당신을 이성으로 이끄는 고뇌나, 당신을 통찰하며 이끄는 창밖의 시인께도 감사를 드립니다. 당신은 참으로 훌륭한 친구들을 두었습니다.

그리고 당신의 높은 정신과 고귀한 육체 또한 저를 새롭게 태어나게 만들었습니다. 이제 제가 당신에게 어떻게 보답을 하여야 하는지요? 앞으로도 제가 당신을 계속 만나면서 더 사랑할 수가 있을까요?"

여인은 그렇게 말하면서 몸을 가늘게 떨고 있었다.

남자는 자신에게 그동안 무슨 일이 있었는지, 그제야 바른 정신으로 알 수가 있었다.

"나도 당신에게 많은 것을 배우고 느꼈는데, 내가 무슨 보답을 받겠소! 참으로 당신 친구들의 성찰과 감성적 순수들 또한 훌륭하였소."

남자는 다시 정신을 가다듬고 생각을 했다. 어찌

면 이 모든 것들은, 여태 자신의 내면과의 싸움인 것 같았다.

그리고 오늘의 사건은 새로운 자기의 발견이기도 했다.

또한 여인을 겪고 나자, 여자에 대한 더 많은 것들을 새롭게 알게 된 계기도 되었던 것이다.

그리하여 사랑을 배신했다 하였던 자신의 아내에 대해서도 이제는 무엇인가 새롭게 이해할 수가 있을 것 같았다.

그는 죽음의 파티에서 그렇게 많은 것을 느끼게 된 것이었다. 그리고 두꺼운 묵은 도덕의 껍질을 부수고 새롭게 태어나는 기분이 되었다.

그리고 이곳에다 자신을 두고 떠나버린 고마운 친구가 생각이 났다.

그때에, 남자의 고뇌가 말했다.

"어쨌든 그대는 탕아가 되었다. 그리고 스스로 한 마리의 벌레가 된 자신을 보았다. 그리하여 그대는 그대의 두꺼운 알의 껍질들을 부순 것이다. 깨어나라! 인간은 자연 속의 미물의 존재일 뿐인 것. 대 우주 자연 속에서 태어난 인간과 인간의 도덕은, 대 자연 도덕 속에서 보면, 아직 물질문명은 이기적인 가치에 가득 찬 미개도덕에 불과한 것이다.

이제 정신문명에 들어선 인간의 미래 도덕은, 인간기준으로 정한 선악과 참과 죄도, 이 생명세상을 존재케 한 근원인 대자연도덕 가치기준에서 판단되어 상벌이 정하여질 것이다."

그 말에 남자는 울컥하고 구토를 하였다.

자기 자신으로부터 비릿한 냄새를 맡았기 때문이었다.

그것은, 지난날의 자기 자신의 어리석음들로부터 쏟아져 나오는 고약한 썩은 냄새와 같은 것이었다.

"아! 내 삶에 대한 이 멀미 병은 언제쯤에나 끝이 날 것인가?

오! 나의 친구여! 나를 구해다오! 이 혼돈의 상태에서 내가 벗어날 수 있도록, 나를 다시 데려가

다오!"

남자는 자기를 데려왔던 친구를 그렇게 부르며 찾
았다.

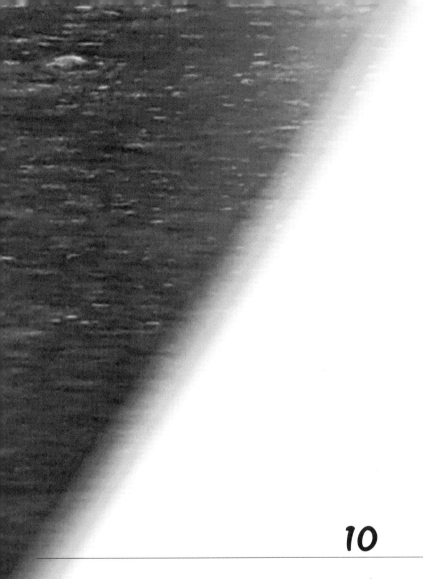

10

사랑과 이별

10

사랑과 이별

그러자 여인이 남자의 손을 조용히 잡았다.
그리고 남자에게 말했다.

"저를 용서하세요. 당신의 가슴이 그렇게 아팠다면, 여인들을 향한 돌 또한 제게 다 던지세요. 내 영혼의 하늘이 부서져 천둥과 번개를 몰아와 벼락을 때리듯이 제게 돌을 던지세요. 그러나 사랑하는 그대여! 당신은 말했지요. 숲속의 언덕위에 통나무집을 짓고 저와 함께 사시겠다는 그 말, 잊지 말아요. 그리고 이제 저를 만났으니 저를 데려가 주세요. 저는 당신의 여자예요. 당신을 만나 다시 사랑을 찾았으니 저를 놓지 마세요." 하였다.

남자는 여인의 손을 놓았다. 그리고 조용히 말했다.

"우리의 인연은 하루뿐이었습니다. 인생은 유수행로와 같은 것이기에. 세월 따라 흐르다보면 바다의 연으로 다시 만나겠지요. 내 처지를 다시 생각해보니 저는 지금 죽음을 향한 무력한 나그네일 뿐입니다. 참으로 기적같이 당신을 만나서 기적 같은 사랑을 하고, 또다시 기적같이 이제는 떠나야할 것 같습니다. 불처럼 사랑하였던 순간들도, 서로 함께 고통하고 나누었던 그 모든 행복들도 오직 기적이었습니다. 나에겐 한 번도 그런 경험이 없었기에, 이 모든 것이 기적 같아 우리의 사랑도 기적의 운명으로 돌리겠습니다."

남자는 그렇게 말하고 자리에서 일어나야겠다고 생각했다.
그러자 여인이 나서며 말했다.

"오! 꿈엘 지라도 제게서 떠난다는 말은 이제 하지 마세요!

당신이 제 사랑을 알고 내가 당신의 사랑을 알게 되었는데, 이것이 어찌 진정한 사랑이 아니겠습니까? 제가 이런 곳에 있다고 해서 탕녀라고 하셨는데, 그것은 진정 오해랍니다. 자유롭게 사는 것이 결코 방종도 아니고요. 저 또한 저만의 긍지로서 순수를 가지고 살았답니다. 오! 제게 참다운 사랑을 다시 있게 해 놓고 떠나면 안 됩니다."

여인이 엎드려 울었다.

그러한 여인을 보자 남자는 자신의 처지를 생각하고 눈물이 나왔다. 자신 또한 여인을 사랑하고 있었기 때문이었다.

그러나 어찌하랴. 또다시 사랑으로부터 상처를 받고 싶지가 않았다. 그래서 그는 말했다.

"제게는 아내가 있답니다. 지금은 떠나고 없지만

그래도 내 마음속에는 그녀로 가득합니다. 그런데 어찌 또 다른 사랑을 할 수가 있겠습니까?"

그때 여인은 더 몸을 움츠리고 고개를 숙였다. 그리고 흐느껴 울면서 말했다.

"제가 당신의 아내일 수도 있습니다. 저는 당신 같은 사람을 오래전부터 잘 알고 있었답니다. 그래서 저는 당신을 기다리고 있었답니다.

저는 남편과 아이들에게 많은 죄를 지었기에, 언제나 양심의 가책을 받고 살아왔습니다. 그러나 그럴수록 밖으로는 큰 소리를 치면서, 반어법과 반행동법으로 저를 위장하곤 하여 왔답니다. 당신은 높은 정신을 가졌으니 저를 알겠지요. 당신께 고백하지만 저는 제 남편과 결혼하기 전에 첫사랑이 있었지요. 남편과 결혼하여 아이들을 낳고 살던 중에 그 첫사랑을 다시 만났었습니다. 그 때문에 피할 수 없는 운명이 되어서 집을 자주 비우게 되었고, 남편도 속이게 되었습니다. 그리고 그것이 반복이 되어서는 더 이상 남편과 자식들을 볼 수가 없었습니다. 그런 죄가 있어서 이렇게 혼자 사는 몸이 되어 버렸답니다. 그런 저를 용서하시고 제발 저를 떠나지 말아 주세요."

그러자 남자가 말했다.

"분명 당신은 내 아내와 꼭 닮았소. 당신을 보고 있노라면, 아내의 고통을 보고 있는 느낌이오. 지금에 와서야 용서고 뭐고 가 어디 있겠습니까? 한 낱 인간사의 시대도덕에 쇠뇌 되어 그 것이 전부인 냥 살았던 것이 잘못이지요. 불쌍한 것은 자식들이 어린 시절을 어미 없이 큰다는 죄이겠지요. 그 죄 또한 반이 제 것이기도 합니다. 당신은 나의 아내와 닮은 것이 많으나, 그래도 내 아내는 이런 곳에서 살고 있지는 않을 것입니다. 그녀는 당신 같은 치장이나 누구도 알아볼 수 없는 짙은 화장도 모르는 착한 아내였답니다. 부디 가치 있는 삶을 찾아서 행복하시길 바랍니다."

남자는 그렇게 말하고 그곳을 빠져 급히 나왔다.

여인은 남자를 더 붙들지도 못하고 엎드려서 울고만 있었다.

남자가 그곳을 빠져나와 숲길을 걷고 있노라니 가슴이 미어지는 듯한, 슬픔이 밀려 왔다. 온몸이 시리게 추워지면서 다리가 후들거렸다. 산으로 뻗어 있는 숲길이 혼자서 저만치 달려가고 있었다.

그때 고뇌가 그의 뒤를 따라서 오다가 그를 부축했다.

그리고 고뇌는 나지막하게 말했다.

"아! 사려 깊지 못한 불쌍한 나의 주인이여! 이제 나도 당신을 떠나렵니다. 그러나 당신은 이제 강해질 것입니다. 타고난 성품과 자질이 당신을 약하도록 그냥 놔두질 않을 테니까요. 그리고 이제 당신을 떠나면서 드리고 싶은 말은, 가끔씩 주인님이 혼란스러울 때라면, 저 대신 시인의 목소리가 들릴 것입니다.

그때에 그 시속에 제가 있다는 것도 기억해주십시

오." 하고 말했다.

"오! 고뇌여! 나의 고통이여! 갈 태면 너도 가거라! 네가 없다면 나 또한 더 편해질 것이다. 내가 잠시나마 영혼으로 사랑했던 그 여인도 매정하게 두고왔는데, 네놈이 없다한들 뭐가 아쉽겠느냐? 떠나거라. 모두 떠나거라!" 하면서도 아쉬웠다.

"주인님이여! 마지막 말 차마 말 못하고 떠나려고 하였으나, 한 가지 더 말해야겠습니다. 그것은 당신이 아직도 당신 자신을 속이거나, 거짓 자존심에 갇혀있다는 것이지요. 조금 전 당신이 그 여인과 헤어지는 순간에 그 사실을 알았습니다. 어찌 당신을 사랑하던 그 여인을 왜 모르는 채 하였습니까?
　그 여자가 바로 당신이 찾던 당신의 아내가 아니었습니까?"

　남자는 그 말이 무슨 말인지 이해를 못했다. 고뇌가 잘못 알고서 하는 말일 것이라고 하면서도 머리가 띵하니 울렸다.

"말도 안 되는 소리! 닮았다고 해서 어디 그가 내 아내이더냐?"

그러자 고뇌가 말했다.

"술에 취한데다 화장과 치장으로 해서 못 알아볼 수도 있었겠지요. 더군다나 십년이나 헤어져 있었으니 변하기도 한데다가 예견도 못했을 태니까요. 그러나 그녀도 헤어질때에 당신을 알아보았습니다. 그리고 놀란 상태에서 넌지시 당신에게 자신을 밝히기도 하였습니다."

그러자 남자가 말했다.

"그랬었는데 내가 진정 못 알아보았더란 말이더냐? 아! 네가 말을 하니 이제 생각이 나는구나! 그녀가 나를 잘 안다고 하였었지!

오! 가슴이여 터져라!

이 기구한 운명을 또 누가 만들고 있단 말인가?"

그리고 남자는 그만 그 자리에 풀썩 쓰러지고 말았다.

그는 아직도 사랑에 취하고 술에 취해 있었다.

그때에 숲의 오솔길로부터 한 젊은이가 그들이 있는 쪽으로 내려오고 있었다.

그것을 본 고뇌가 쓰러져 있는 남자에게 말한다.

"당신을 죽음까지도 사랑할 나의 주인이여! 이제 저는 그만 떠나겠나이다. 이곳을 지나가는 저 젊은이가 당신을 구해 주었으면 합니다. 부디 새롭게 다시 태어나소서!"

기절하듯 쓰러진 남자를 보고서 고뇌는 그렇게 말하고 급히 사라져 버렸다.

그리고 쓰러져 있는 남자를 발견한 허름한 옷차림의 젊은이가 남자를 살펴보다가 그를 등에 업고서 말없이 산속으로 사라졌다.

그는 남자를 술집으로 데려갔던 그 친구였던 것이다.

그리고 얼마 후에, 남자가 산으로 떠난 뒤로 그 숲 속의 오솔길 삼거리에 여인이 뒤따라서 나타났다.

그리고 남자가 쓰러졌던 자리에 쓰러지면서 흐느껴 울고 있었다. 그의 곁에는 그녀의 고뇌가 함께 있었다.

그리고 흐느끼는 여인의 등을 쓰다듬으면서 슬픈 노래를 그녀의 고뇌는 불렀다.

"그녀는 이제 아무도 사랑할 수 없다네.

그 사람이 산속으로 떠나간 이후로—

그 한 사람만을 너무 사랑하였고,

사랑했기에 헤어져야만 했던

맺지 못할 사연의 슬픈 운명이라서

자신의 사랑을 생매장 하였다네.

가슴속에 그 사랑을 매장 했다네.

그녀는 이제 아무도 사랑할 수 없다네.

그 사람 영원히 떠나보낸 이후로—

그 사랑의 무덤이 가슴에 있는 한

심장은 눈물만을 온몸에 퍼 올리고

허파는 한숨만을 서리로 내뿜으니

그 아픔 벗어나기도 포기를 했다네.

가슴속 그 사랑을 뽑을 수도 없다네.

그녀는 이제 아무도 사랑할 수 없다네.

그 사람 가슴속에 남아 있은 한—

이를 악물고 잊으려 해 보아도

새어나오는 흐느낌이 목 젓을 찢네.

눈물로 행복을 빌며 손 흔들어 보아도

가슴은 산사태로 무너져만 내린다네."

그 말을 남기고 그녀의 고뇌도 자리에서 일어나 그녀에게서 점점 멀어지며 사라져 갔다.

그러자 그녀도 기진하여서 그만 쓰러지고 말았다.

그리고 그녀는 그 후로 아무것도 기억하지 못했다.

판권협의
인지생략

알의 껍질을 부수다

초판인쇄일   2024년 10월 29일
초판발행일   2024년 11월 10일

지 은 이   박옥태래진 박사
발 행 처   도서출판 글밭기획
등 록 번 호   1996. 3. 12 제8-1845호
주   소   인천 부평구 부평문화로115번길
전 화 번 호   010-3755-5878
이 메 일   jjp77880@naver.com
I S B N   978-89-86768-13-8 03810
정   가   18,000원